Cœurs d'ébène

Alexia PETRAK

ISBN 13 : 9781521966198

CHAPITRE 1

Ambre sortit du hall de l'hôtel et rejoignit son véhicule tout terrain, stationné à quelques mètres de l'entrée. Elle ôta son badge d'hôtesse d'accueil de sa veste de tailleur noire et le rangea dans sa boîte à gants. Elle démarra, parcourut la longue allée de conifères jusqu'à l'embouchure et atteignit l'avenue principale de Whistler, municipalité de villégiature de Colombie-Britannique au Canada. Ambre entendit le vrombissement d'un petit avion. Elle aperçut aussitôt l'hydravion jaune de Mathias, survoler les habitations en bois et devina sa direction : le lac, situé près de chez elle. Elle lorgna sa montre et décida de passer le voir. Son mari, Cameron, ne sera pas encore rentré du travail. Il ne lui fera aucune scène de jalousie. Ambre soupira, face à cette situation angoissante et infernale qu'était devenue sa vie avec Cameron. Un homme irascible, paranoïaque et arrogant. Beau portrait, pensa-t-elle. Pourtant, au début de leur relation, Cameron ne ressemblait guère à cet homme irrationnel.

Tous les deux natifs de Vancouver, Ambre étudia les langues afin de travailler dans le tourisme. Quant à Cameron, déjà très ambitieux et passionné, il fonda, dès l'obtention de sa maîtrise à l'Université d'Architecture de Vancouver, son cabinet d'architecte. Talentueux, Cameron fut rapidement reconnu pour son professionnalisme et ses compétences. Il passa un concours du prix d'innovation - qu'il remporta - et sa notoriété grandit. Ils se marièrent et décidèrent de partir vivre à Whistler. Une petite ville morcelée à 121 km de Vancouver, composée de trois stations formant le plus grand domaine skiable du Canada. Cameron construisit leur maison. Une magnifique bâtisse en rondins de bois dans un quartier résidentiel, assez retiré du centre de gravitation, près d'un terrain de golf. Une agréable demeure baignée par la lumière du jour. De larges fenêtres et balcons donnant sur un grand lac entouré de montagnes. Malgré le confort, le cadre idyllique dans lequel le couple vivait, la réussite professionnelle de son mari, les troubles d'humeur de Cameron s'accentuèrent au fil du temps et de sa prospérité grandissante. Comme si le fait d'être aisé, faisait prendre conscience à son mari qu'il pouvait tout perdre et ne rien contrôler. Ambre ne supporta plus le caractère lunatique de Cameron. Elle le poussa à plusieurs reprises à se confier à elle, mais soit il évitait le sujet, soit il se retranchait dans la provocation, les disputes. Depuis peu, il devint suspicieux vis-à-vis d'elle, jaloux et possessif.

Sur la route, elle regarda le paysage bucolique défiler. C'était dommage, tout pour être heureux dans une petite ville aux multiples facettes, que ce soit l'hiver ou l'été. Ils étaient loin du tumulte et du stress des grandes villes. Whistler présentait un certain nombre d'attraits pour son panorama majestueux. Mais aussi pour ses activités sportives telles que le ski, le vtt, les randonnées au sommet des montagnes. Les touristes abondèrent et ne s'y trompèrent pas.

Cameron devait changer, redevenir l'homme qu'il fut autrefois, qu'elle épousa, sinon elle partirait. Elle arriva au Green Lake et stationna près du ponton. Le soleil illuminait les montagnes, dont les cimes semblaient toucher le ciel d'un bleu outrancier. Le lac aux reflets verts, scintillait de mille feux, par ce jour d'été.

L'hydravion à flotteurs se posa sur l'eau et se dirigea vers la rive. Cette image la laissait songeuse à chaque fois, lui donnant des ailes et l'envie de déserter, de voyager vers de nouveaux horizons, loin d'ici.

Ambre se contempla dans le miroir, afin d'inspecter si tout était en ordre. Réflexe de femme et non de séduction. Pourquoi se fit-elle cette observation ? Cameron n'était pas là. Elle n'avait pas besoin de se justifier. Mathias était un ami rencontré à Vancouver. Il quitta son pays, la Tanzanie, pour découvrir d'autres terres. C'est lui qui leur parla de Whistler. Cameron l'appréciait beaucoup à cette époque mais avec sa personnalité devenue incontrôlable, les deux hommes se fâchèrent.

Ambre quitta son 4x4 et rejoignit le petit aérodrome flottant que Mathias possédait. Il était propriétaire de 5 hydravions et était accompagné de 2 autres pilotes. Mathias proposait des vols sur mesure de la région, en majeure partie pour les visiteurs, mais aussi pour les résidents. Il utilisait ses avions également comme taxis aériens, transportait des marchandises. Des photographes réclamaient ses services afin de prendre des clichés du panorama. La route entre Vancouver et Whistler offrait des paysages époustouflants.

L'hydravion coupa son moteur et les hélices cessèrent de tournoyer. Un couple sortit en premier de l'avion, le sourire aux lèvres, les yeux encore brillants d'émerveillement. Ambre s'amusait de voir à chaque fois cette expression illuminer le regard des voyageurs. Elle le comprenait, car voler au-dessus de ces terres majestueuses l'enivrait, elle aussi. Quelques fois, Mathias l'emmenait à bord de ses engins. Ambre adorait la photo, et elle prenait un plaisir immense à photographier, depuis le ciel, les panoramas. Mathias, à son tour, émergea du cockpit, vêtu d'une veste de cuir marron et d'un pantalon beige. 27 ans, il était grand, mince, mais bien charpenté. Métis, issu de parents d'origines différentes. D'une mère tanzanienne, massaï et d'un père américain, Mathias avait la peau marron caramel et les yeux couleur noisette. Un visage allongé, des lèvres épaisses, mais pas trop charnues et un crâne lisse, dépourvu de cheveux.

Le couple remercia Mathias et ils quittèrent, euphoriques le ponton. Elle s'approcha de lui.

— Bonjour Mathias ! Tu as encore fait des heureux !

Mathias se retourna vers elle et lui décocha un grand sourire des plus charismatiques.

— Bonjour Ambre. Oui, le mari a offert à sa femme, pour son anniversaire, une promenade dans les airs.

Ambre observa à nouveau le couple s'éloigner, sans l'ombre d'un nuage au-dessus de leur tête, paisibles. La nostalgie de ce temps révolu la gagna. Mathias surprit son regard. Depuis quelques temps, il trouvait Ambre plus sombre, mélancolique.

— Qu'est-ce qu'il y a Ambre, ça n'a pas l'air d'aller ?

Ambre soupira.

— C'est seulement… ce couple a l'air si heureux. Cet homme fait tout pour rendre sa femme heureuse.

— Avec Cameron, ça ne s'arrange pas ? demanda Mathias. Il

connaissait le caractère spécial de l'homme, pour s'être fâché avec lui. Certes, Ambre lui raconta quelques anecdotes sur le comportement de Cameron, mais il se doutait qu'elle minimisait ses histoires. Elle y ajoutait toujours une note d'humour.

— A vrai dire, je n'en peux plus. Il est devenu insupportable, irritable pour n'importe quoi et maintenant jaloux. Je ne sais plus quoi faire, avoua Ambre.

— Il n'est pas violent avec toi, j'espère ?

— Non, mais il est brutal dans ses propos. Il cherche sans arrêt à me provoquer, à me pousser à bout.

— Peut-être qu'il devrait voir quelqu'un, un psychologue qui pourrait l'aider ?

Ambre eut un rire amer.

— Je le lui ai déjà proposé, demandé si c'était à cause de son travail. A chaque fois, il devient méchant ou détourne le sujet.

— Oui j'imagine mal Cameron se laisser canaliser. Il est fier et orgueilleux.

Pourquoi Cameron avait-il cette attitude rebelle et affligeante, alors qu'il possédait tout pour être heureux ? Pour commencer, une jolie femme. Mathias contempla Ambre avec ses cheveux blond miel, ondulés, qui tombaient en vagues sur ses épaules. Les yeux marron, le teint hâlé et des traits fins. Elle était belle, mais également intelligente et enjouée. Ambre sembla triste et ce qu'il allait lui dire n'allait guère arranger la situation.

— Cela tombe comme un cheveu sur la soupe, mais je voulais te dire que je retourne en Tanzanie, dans une semaine, annonça Mathias.

—Ambre ressentit un besoin impérieux d'aventure, de partir avec lui. Cette envie se mua rapidement en souffrance, en un sentiment de solitude, d'abandon. Son ami, son confident ne sera bientôt plus là. Ce fut comme un coup de poignard.

— Je partirais bien avec toi, là. Tu vas me manquer, avoua Ambre, émue.

Mathias, touché, prit la jeune femme dans ses bras et l'enlaça.

—Toi aussi, tu vas me manquer. Mais il faut que je reparte dans mon pays, dit-il avec douceur.

Ce fut le geste et la phrase tendres de trop. Elle ne put s'empêcher de fondre en larmes.

Mathias se détacha d'elle. Il souleva son menton tremblotant, afin d'accrocher son regard perdu, pour établir un lien de confiance.

— Ecoute, ce n'est pas un adieu. Rien ne nous empêche de nous revoir. Tu peux venir quelques jours, en vacances. Prends tes distances avec Cameron. La peur de te perdre le fera réaliser qu'il a eu tort, proposa Mathias.

Ambre essuya ses yeux, secoua la tête.

— C'est une idée, mais encore faut-il que Cameron m'écoute, soit d'accord. Ce sera un affrontement de plus. Il m'empêchera, j'en suis sûre, de partir. Le dialogue est impossible avec lui. J'ai déjà envisagé de m'éloigner sans rien lui dire. De fuir.

— C'est à ce point-là ?

Ambre reprit ses esprits, souffla et confirma en hochant le

visage.

— Je suis désolée de te raconter tout ça. Tu t'en vas et j'aimerais que tu me racontes ton histoire. Pourquoi repars-tu là-bas ? Tu ne m'as jamais raconté vraiment ton enfance.

— Mon père est Américain. Il avait une agence de tourisme, spécialisée dans l'Afrique à San Francisco. Il est allé en Tanzanie afin de mieux découvrir ce pays et proposer des safaris. Finalement, il en a été imprégné et a décidé de rester pour construire un Safari Lodge aux touristes, dans le Parc National du Serengeti. Peu de temps après, il a commencé à cultiver du café. Ma mère vient d'un petit village massaï. Elle s'est battue pour travailler en dehors du village, la tradition étant pour une femme de s'occuper de tout, de se consacrer à la vie du village. Ma mère s'est présentée à mon père pour travailler à la plantation de café. C'est ainsi qu'ils se sont rencontrés. Ils ont eu un coup de cœur l'un pour l'autre. Ce qui n'a pas été facile pour ma mère, car son père n'était pas consentant. Mais ma mère était une rebelle. Elle voulait évoluer. Elle a suivi quelques études à Arusha. Je suis né de leur union. Mon père a employé beaucoup de Tanzaniens et a rapidement été apprécié et respecté. Je suis parti de Tanzanie, car je voulais voir le monde, voyager. Je ne t'ai pas parlé de mes projets, car j'attendais d'avoir un repreneur. Mon père a été souffrant pendant quelques jours et ma mère, un peu désemparée, a besoin d'aidc. J'avoue que mon pays me manque et j'ai envie de revenir à mes origines. Si je peux, je continuerai mon travail de pilote, là-bas, j'aime trop voler, raconta Mathias, volubile.

Ambre dévorait chacun de ses mots. Elle imagina la faune sur des terres arides, la savane. Son portable vibra. C’était un SMS de Cameron :

« Que fais-tu ? Pourquoi n’es-tu pas rentrée à la maison ? »

Ambre revint très vite sur le ponton du green Lake, elle écrivit.

« J’avais besoin de me promener, j’arrive. »

— C’est Cameron ? demanda Mathias.

— Oui, je vais rentrer. Promets-moi que l’on va se revoir, avant ton départ suggéra-t-elle. En fait, ton idée n’est pas mauvaise. J’ai un passeport à jour, faut-il autre chose, un visa ?

— Oui, tu peux en obtenir un à l’Aéroport international du Kilimandjaro, si tu n’as pas eu la possibilité de le faire établir ici. Il est nécessaire d'être vacciné contre la fièvre jaune et l'hépatite B au moins 10 jours avant ton départ. Et, bien sûr, prendre un traitement anti-paludisme.

La sonnerie de son portable retentit cette fois-ci, Ambre répondit à contrecœur :

— Oui, Cameron.

— Rentre immédiatement à la maison ! Que fais-tu avec Mathias ? demanda froidement Cameron.

Le cœur d’Ambre bondit dans sa poitrine, elle regarda autour d’elle pour chercher son mari. Il n’avait pas osé, tout de même, l’espionner. Mais elle ne le vit pas.

— Et toi où es-tu ? Tu me surveilles maintenant ? De quel droit ? s’emporta-t-elle, exaspérée.

— J'ai tous les droits, je suis ton mari, rentre ! Sinon je viens te chercher, ordonna-t-il avant de raccrocher.

Ambre secoua la tête, choquée.

— Comment a-t-il su que j'étais avec toi ?

Mathias sourit, écœuré.

— C'est très simple, il a dû installer, sur ton portable, un logiciel espion pour te localiser. Un conseil : achète-toi un nouveau portable et débarrasse-toi de celui-ci.

La colère d'Ambre monta.

— Il va trop loin. Je devrais le laisser mariner.

— Non rentre, n'accentue pas sa colère. Mais pense à ce que je t'ai dit.

— J'espère que l'on se reverra avant que tu partes ! Et je n'oublie pas ton invitation à te rendre visite en Tanzanie. Je crois que cela me ferait le plus grand bien.

— Oui avec plaisir. Fais attention à toi, dit Mathias. Il la serra dans ses bras.

Ambre quitta le ponton et rejoignit sa voiture avec un pincement au cœur. Elle fit un dernier signe de la main à Mathias et prit le chemin de leur maison, qui était à 5 minutes. Furieuse envers Cameron de cette inquisition. Contrôlait-il également ses messages et appels ? Elle devait acheter un autre portable afin qu'il ne suive pas ses déplacements ou même en cas de départ lointain précipité, inopiné. Son mari semblait tomber dans un délire, enfermé dans son monde, dans de nouvelles obsessions. Cela ne lui suffisait donc pas d'être irritable, provocateur. A ce rythme, Cameron perdait la confiance, l'amour que lui témoignait Ambre. Malgré tout, elle voulut lui donner une dernière chance et décida de lui parler à nouveau, de le remettre sur le droit chemin. Peut-être lui dire qu'ils devaient prendre de la distance chacun, afin de mieux se retrouver. Un électrochoc pour Cameron, pour qu'il se ressaisisse et s'aperçoive de ses erreurs, de son comportement. Ambre arriva enfin à leur domicile, anxieuse. Une grande appréhension la submergea davantage lorsqu'elle franchit le seuil de leur demeure. Cameron l'attendait, adossé à la rampe d'escalier, les bras croisés. Le regard glacial, les traits durcis. Il s'approcha d'elle. Ambre lui caressa la joue du bout des doigts.

— Bonjour chéri, dit-elle sur un ton qui se voulut calme et affectueux.

Cameron repoussa son geste et la bouscula violemment, dos contre la porte. Il frappa la paroi en bois à quelques centimètres de son visage. Ambre sursauta, effrayée.

— Ne me réponds plus jamais sur ce ton, en présence de quelqu'un, surtout de Mathias. D'accord ? dit froidement Cameron en plongeant ses yeux verts, chargés d'orage, dans les siens.

— Alors, nous en sommes arrivés là ? La violence. Tu me surveilles, et tu vas me frapper maintenant ? lança Ambre, consternée et terrifiée par cet homme qu'elle ne reconnaissait plus.

Livide et les mâchoires crispées, Cameron se redressa, poings serrés.

— Ne m'en donne pas l'occasion. Ça me rend fou. Ne t'avise plus de revoir Mathias, compris ? Et quand je te dis de rentrer, tu ne discutes pas, hurla-t-il en la pointant du doigt, fou de rage.

—Tu es un grand malade, Cameron. Ecoute, je ne le reverrai plus. Mathias s'en va. Il part de Whistler. C'était pour lui dire au revoir, le rabroua-t-elle, choquée.

— Bonne idée, qu'il dégage.

La gorge nouée, Ambre continua sur sa lancée, désespérée.

— Si tu continues à me traiter ainsi, moi aussi je vais partir. Je n'en peux plus. Notre couple part à la dérive. Il serait bon de nous séparer quelque temps, pour souffler et mieux se retrouver, tenta vainement Ambre, meurtrie par la folie et la froideur de son mari.

Cameron, consumé par la colère, quelques instants auparavant, la contempla, ébahi. Enfin, son discours sembla l'atteindre, le réveiller. Il plaqua sa main sur la gorge d'Ambre.

— Il n'est pas question que tu partes. Tu es ma femme et tu m'appartiens, déclara-t-il comme essoufflé, d'un ton plus doux, mais toujours autoritaire.

Le regard de braise, il l'embrassa brutalement sur la bouche, puis avec sensualité. Malgré son ressentiment, Ambre répondit à l'étreinte charnelle de ses baisers. Cameron arracha sauvagement les boutons de son chemisier. Il dégrafa son soutien-gorge et libéra ses seins. Il caressa avec ardeur sa poitrine, son ventre. Ambre frissonna. Les lèvres de Cameron parcoururent son menton, son cou. Les mains de Cameron longèrent ses hanches et soulevèrent sa jupe. Il frôla l'intérieur de ses cuisses, effleura sa petite culotte en dentelle. Le désir d'Ambre s'intensifia. Cameron, continua son chemin et glissa dans les profondeurs humides. Elle tressaillit de délice et le plaisir se décupla. Son corps trembla sous ses assauts. Elle se perdit dans une jouissance impudique, à demi-nue. Cameron cessa ses baisers et l'observa, avec un sourire érotique, vaciller dans son extase. Il murmura, suave :

— Tu veux toujours que l'on se sépare ? je n'en ai pas l'impression. Tu es à moi.

Ambre ne répondit pas à son attaque sournoise. Son mari était un amant fabuleux. Elle adorait leur façon de se posséder, sa fougue dans leurs ébats amoureux. Cependant, elle n'oubliait pas les travers, les vices de Cameron. Il n'était pas question qu'elle cède à son arrogance, à sa violence verbale ni physique, ni à aucune de ses menaces. Le dialogue semblait impossible. Pour le moment, Ambre, sous l'emprise du sexe, entreprit Cameron. Elle saisit et libéra le pénis de son mari. Ambre coulissa entre ses mains la verge ferme. Elle savoura sa domination sur Cameron qui poussa un râle de délectation. Il interrompit son va-et-vient, et reprit le contrôle. Cameron retourna Ambre. Il repoussa la fibre de sa lingerie et la pénétra avec vigueur. Cameron s'enfonça en elle avec douceur puis avec force. La jeune femme bascula dans une jouissance bestiale. Ils gémirent à l'unisson. Le dernier assaut arracha un cri à Cameron au moment d'atteindre l'orgasme. Cameron enroula les bras autour de la taille de sa femme. Ambre s'abandonna contre Cameron. Quelques instants de félicité avant la dure réalité. Tout à coup, Cameron se détacha d'elle et la laissa seule dans le vestibule. Il monta à l'étage. Ambre le regarda s'éloigner et contempla son chemisier déchiré. La part d'ombre de Cameron avait encore frappé. Certes, elle s'était sentie désirée, mais c'était de la violence. Elle grimpa les marches d'escalier et regagna leur chambre. Ambre se déshabilla et rejoignit, nue, leur salle de bains attenante. C'était une vaste pièce, au ton crème. Cameron, brossait ses cheveux châtains, devant une vasque. Il scruta Ambre à travers le miroir, un sourire espiègle.

— Cela ne change rien, Cameron, je ne suis pas TA chose. J'aime lorsque nous faisons l'amour, mais en dehors de ça, tu ne me respectes plus. Faisons un break ou divorçons ou parle-moi, dis-moi ce qui te rend si hargneux, dit Ambre.

Cameron se mura dans le silence. Il cessa de la regarder et retourna, impassible dans leur chambre, sans un mot. Ambre haussa les épaules et soupira. Encore un discours qui tombait dans la muraille de Chine, voire aux oubliettes. Au moins, cette fois, il ne l'avait pas menacée. Elle entra dans leur douche à l'italienne, ornée de carrelage nacré et parée de petits spots bleus. La jeune femme opta pour la douche fixe et actionna le robinet. Le jet se déversa sur ses cheveux blonds. Ambre renversa sa tête en arrière et savoura l'eau chaude s'épandre sur son visage, sur chaque parcelle de sa peau. Un pur moment de communion. Elle répandit du shampooing, massa son cuir chevelu, puis savonna son corps et se rinça. Les paupières closes, elle resta un long moment sous le flot qui ruisselait abondamment sur ses épaules et sa chute de reins. Ambre ferma avec regret le robinet, ouvrit les yeux. Elle sursauta, surprise et effrayée. Cameron, se tenait debout devant la douche et fixait Ambre avec intensité, énigmatique.

— Cameron ?

Une étincelle de folie brilla dans ses pupilles. Cameron attrapa la mâchoire d'Ambre si fermement qu'il faillit la broyer entre ses doigts.

— Pour ta gouverne, je vais bien. Ne me prends pas pour un imbécile, ni un fou. Je le répète, tu es MA femme, alors il n'est pas question de se quitter. Rappelle-toi : pour le meilleur et pour le pire. Fin de la discussion.

Il lui tourna le dos et sortit de la pièce, furibond. Ambre, encore choquée, se figea, interdite. Elle l'entendit dévaler l'escalier et la porte d'entrée claquer. La jeune femme trembla, secouée. Elle frictionna sa maxillaire, douloureuse. Elle refoula un sanglot, Ambre refusa de se morfondre. Elle enfila un peignoir et se dirigea vers une fenêtre donnant sur l'avenue. Cameron était parti et avait pris sa voiture. Soulagée, la jeune femme s'habilla d'une petite robe légère, à bretelles, aux teintes bleu clair et sécha ses cheveux. Ambre devait agir au plus vite et trouver des solutions. Déjà savoir si Cameron avait réellement installé un logiciel espion sur son portable et comment le détecter. Cameron ne s'en était pas vanté, ni nié les faits. Il avait omis de répondre. Ambre s'installa devant son ordinateur et débuta les recherches. Elle découvrit avec horreur toutes les applications pour surveiller un individu et la facilité déconcertante pour s'insinuer dans la vie courante d'une personne. Rien qu'un simple téléchargement pour lire les SMS, suivre les appels. Ambre en eut le vertige. A son plus grand bonheur, il existait bien un système permettant de déceler ce logiciel, mais aussi pour son ordinateur, car il était évident que Cameron pouvait filtrer aussi son ordinateur. Tout d'abord, inscrite sur un site de référence qui luttait contre le virus informatique, elle effectua en ligne, une enquête. Ambre fut rassurée. Il ne capta rien. Pour son portable, elle procéda à l'opération grâce à l'application du logiciel d'espionnage spy mobile. Malheureusement, cette fois, il détecta un logiciel qui localisait sa situation, mais aussi lui donnait libre accès à ses messages. D'après les conseils pour supprimer ce mouchard, elle devait réinitialiser son téléphone. Ambre soupira. Elle souhaita ardemment une chose : fuir loin de ce fou dominateur et ne jamais revenir. Pour cela, elle devait préparer son départ. Une destination s'imposait à elle : la Tanzanie, son issue de secours. Un homme pouvait l'aider à briser ses chaînes : Mathias. Ambre réalisa, à ce moment, qu'elle quitterait définitivement sa maison, son travail et un destin tout tracé à Whistler.

A partir de maintenant, le premier objectif d'Ambre fut la discrétion. Elle ne devait, en aucun cas pour le moment, démanteler ce logiciel, sinon cela éveillerait les soupçons de Cameron et sa fureur. Donc, dès à présent tous appels importants s'effectueraient à son travail et déplacements tels que vaccin ou visa, sans portable. Ambre entendit Cameron revenir et monter l'escalier. Elle ferma la page de son ordinateur et se leva. Ambre s'apprêta à jouer le rôle de la femme modèle et soumise. Version Cameron. Elle commença à écrire le scénario de sa nouvelle vie.

CHAPITRE 2

Le lendemain, dès qu'elle disposa d'un peu de temps libre à son travail, Ambre vérifia les formalités d'entrée en Tanzanie. Au niveau des vaccins, elle était à jour pour l'hépatite A et l'hépatite B. Elle prit rendez-vous pour la fièvre jaune, dans une clinique de Whistler. Concernant l'obtention d'un visa, elle pouvait effectuer une demande en ligne à l'ambassade d'Ottawa et le recevoir dans les 3 à 4 jours. Un visa de touriste permettait de rester 3 mois dans le pays. Elle avait réussi à placer une certaine somme d'argent sur un compte, pour subvenir à ses besoins assez longtemps. Cependant, Ambre avait l'intention de travailler, donc elle envisagea un visa d'affaires valable 2 ans. Apparemment difficile à obtenir et beaucoup de documents à transmettre. Le seul homme capable de lui fournir un travail très rapidement était Mathias. Elle le contacta, dans la journée. Mathias suggéra le safari Lodge de ses parents et promit de leur en parler afin de les convaincre de l'embaucher. Ambre avait une solide expérience dans le tourisme. Elle pouvait être d'une aide précieuse. Si ce n'était pas possible, elle partirait pour un congé de 3 mois, le temps de se ressourcer. Ambre avait toutes les clés en mains, pour réussir. Elle ne renoncerait pas à son projet et devait y croire, selon Mathias.

Ambre s'absenta un moment dans la journée. Elle laissa son portable à l'accueil, dans une consigne dédiée à chaque membre du personnel. Ambre en profita pour clôturer son compte épargne. La conseillère lui demanda avec un air mélodramatique les raisons de son départ chez eux. Ambre mentit et dut patienter pour écouter tous les avantages de l'épargne dans leur banque, ainsi que tous ses regrets. La jeune femme prit également rendez-vous dans la semaine dans une clinique de Whistler afin de se faire vacciner. Elle se procura un second portable, consacré exclusivement à envoyer ou recevoir des SMS de Mathias, lorsqu'il arriverait en Tanzanie. Ambre demeura prudente vis-à-vis de Cameron qui, durant une partie de la semaine, resta travailler au domicile. Elle fit son possible pour être docile et rentra tôt chaque soir. Ambre devait endormir l'esprit paranoïaque très affûté de Cameron. Il ne fut guère aisé pour Ambre, également, de ne pas en parler à ses collègues de l'accueil.

Le départ de Mathias devint imminent. Prévu pour le samedi suivant. Heureusement, la veille, Cameron partit à son cabinet d'architecte à Vancouver. Mathias invita Ambre à déjeuner. Ils décidèrent de pique-niquer au lac. Ils préférèrent la nature au restaurant et surtout voulurent que peu de témoins les aperçoivent ensemble. Malgré le soleil ardent et l'été qui avait tissé sa toile sur le décor des Rocheuses, la neige enveloppait encore de sa poudre blanche quelques montagnes en haute altitude. Ambre ne se lassait jamais d'admirer le panorama luxuriant. A chaque saison, le paysage se revêtait d'une ébauche de couleurs chaudes ou brutes. La magie opérait toujours sur les citadins et Ambre tout particulièrement. Les sapins, d'un vert vif, jalonnaient par leur densité, la perspective. Le ciel d'un bleu azur amplifiait la luminosité sur la flore abondante et donnait au lac des nuances émeraude, exubérantes.

Mathias apporta son panier de victuailles. Ils installèrent une couverture sur l'herbe. Mathias ouvrit une bouteille de vin blanc et versa le liquide doré dans le verre d'Ambre puis dans le sien. Ils trinquèrent.

— Félicitations Ambre. A ton nouvel emploi ! Ton contrat commence le lundi 13 juillet, si cela te convient toujours, dit-il les yeux pétillants de joie.

— Tu as réussi à convaincre tes parents ! s'exclama-t-elle folle de bonheur.

— Oui, ça n'a pas été très compliqué avec mon père. Avec ton expérience dans le tourisme et l'hôtellerie, ils ont besoin de gens compétents. Les langues officielles sont le swahili, appelé kiswahili, mais aussi l'anglais. Alors tu t'en sortiras très bien, plus les autres langues que tu as à ton actif. La haute saison arrive. Ma mère m'a posé beaucoup de questions. Elle était plus réticente, mais tu verras, c'est quelqu'un de bien. Plus sur la réserve, la méfiance. Tu es une amie, alors... Mon père va t'envoyer par mail à ton travail, une lettre qui prouve ton embauche et un justificatif de logement. Comme tu le sais, elle sera à joindre à ta demande de visa. Surtout munis-toi d'un visa pour entrées multiples. Ton visa sera valable 2 ans et renouvelable. Mais sache que là c'est difficile à reconduire, car le gouvernement prétend qu'il y a suffisamment d'écoles en Tanzanie et donc que les entreprises n'ont pas besoin d'embaucher d'étrangers. Avec tes compétences, il n'y aura pas de soucis. Ton principal poste sera à l'accueil du Lodge, mais en Tanzanie, tu vas vite découvrir que la vie est différente et que de nombreuses opportunités s'offrent à toi. L'activité sera variée. Il suffira de montrer ta valeur. Peut-être m'accompagneras-tu lors d'un safari, ajouta Mathias avec un clin d'œil.

Ambre sourit. Son avenir semblait moins sombre tout à coup. Son départ se précisait. Dans dix jours, elle s'envolerait vers une autre contrée.

— Je suis impatiente ! Cela faisait longtemps qu'Ambre n'avait pas ressenti ce sentiment d'euphorie.

— C'est une nouvelle aventure qui va commencer pour toi. Profite de cette nature bien dense car là-bas, c'est plus aride. C'est différent, mais tu apprécieras la magie des lieux. Comment vas-tu faire avec Cameron ?

— Je prendrais un vol de jour et en plein milieu de la semaine. Normalement, j'ai vérifié sur son agenda, le mercredi précédant mon départ, il sera en déplacement à Vancouver. Il partira très tôt le matin, pour prendre la route et restera certainement sur place, la nuit suivante. Je ferai ma valise le jour même, en emportant le strict minimum. Je reconfigurai mon portable, afin qu'il ne suive pas ma trace. Je fais en sorte d'être prudente et obéissante. Mais j'avoue que c'est épuisant de faire attention à tout et de ne pas commettre d'erreurs. Le jour où je partirai, je lui laisserai un mot tout simple sur un papier qu'il verra seulement en rentrant. Ainsi, il ne préviendra pas la police.

— Méfie-toi quand même, c'est un homme rusé, ton mari. Et concernant ton travail, comment vas-tu t'y prendre ? s'inquiéta Mathias.

— Je suis sûre qu'il remuera ciel et terre pour me retrouver.

Pour mon travail, je leur enverrai ma lettre de démission, le jour de mon départ. Si je le fais trop tôt, je crains qu'entre temps des collègues croisent Cameron en ville et lui en parlent. Cameron est assez connu. Je ne peux hélas rien leur dire, rien laisser filtrer. Personne ne doit savoir où je pars, au cas où Cameron les interrogerait. Pour l'accueil, elles seront trois, je ne me fais pas de soucis. J'ai ma collègue Chloé, avec qui je m'entends très bien, qui doit revenir de vacances. Cela sera dur de ne rien lui dire.

—Tu es vraiment certaine de ton choix ? pas de retour en arrière possible, demanda Mathias une dernière fois.

— Oui j'en suis certaine. Je vais laisser ce que nous avons construit ici, ma maison, mon travail, mes habitudes. Mais Cameron me fait peur. Il est intelligent. Il sait ce qu'il fait. Je ne peux pas porter plainte contre lui, il ne me donne aucun coup physique. Aucune preuve. Tout est psychologique. Dans la vie, on a le choix de rester ou de partir. Si je reste, alors finalement cela veut dire que j'accepte d'être sa chose, que j'aime être maltraitée. Ce n'est pas le cas. En tout état de cause, merci pour ton aide précieuse, ton soutien moral Mathias.

— Tu es une amie, Ambre, et ça me fait plaisir de pouvoir t'aider.

Ils finirent leurs repas par une conversation plus légère et joyeuse. Ils plaisantèrent sur l'un et l'autre, puis Ambre repartit travailler à contrecœur. Le soir même, Ambre profita de l'absence de Cameron, pour réserver son billet d'avion. Elle sélectionna le 8 juillet comme date de départ vers sa nouvelle vie. Ambre consulta tous les horaires, la durée, ainsi que le nombre d'escales qui oscillaient entre 2 et 3. Enfin, elle opta pour un vol à 12h d'un temps de voyage de 21h40 et deux escales, en direction de l'aéroport international du Kilimandjaro. D'après son planning, Ambre était en congés. Cameron qui vérifiait son programme, ne serait pas étonné de la voir toujours au domicile. La jeune femme rassembla l'ensemble des documents à joindre à la demande de visa. Elle chercha un endroit convenable pour les cacher et jugea préférable de les placer dans un tiroir, au milieu de ses vêtements. Plutôt que dans sa boîte spéciale dossier administratif, accessible pour son mari. D'un seul coup, Ambre eut un doute et se demanda si Cameron avait posé des caméras dans leur maison, pour l'espionner. Elle fouilla un peu partout et vérifia en hauteur. Ambre rit nerveusement. La paranoïa de Cameron déteignait sur elle ? Non, il n'en était pas arrivé à cette extrémité. Ambra se déshabilla et revêtit une petite robe jaune soleil. Elle sursauta quand le téléphone fixe sonna au rez-de-chaussée. Ambre ferma la page de son ordinateur et descendit répondre. C'était un commercial qui vendait des produits d'assurance. Elle refusa poliment. Entre temps, Cameron fit son entrée et monta directement à l'étage. Au moment où elle raccrocha, une angoisse submergea Ambre. Avait-elle tout rangé ? Non, d'un seul coup, l'image de son passeport oublié sur le lit, la traversa. Elle rejoignit rapidement Cameron, dans leur chambre, qui fouillait dans leur armoire commune. Ambre contempla leur dessus de lit et effectivement, vit avec effroi, tout de suite, le petit livret, posé négligemment. Elle se précipita. Cameron se retourna brusquement vers elle.

— Alors ?

— Alors quoi ? demanda, mal à l'aise, Ambre qui se posta devant le passeport, afin de le dérober à sa vue.

— Le téléphone, qui c'était ? questionna froidement Cameron.

— Un commercial qui vendait de l'assurance.

— Ah, et tu n'as rien d'autre à me dire ? continua insidieux, Cameron qui s'approcha d'elle.

Ambre sentit une bouffée de chaleur l'envahir. Les battements de son cœur accentuèrent leur cadence. Elle s'assit instinctivement sur le passeport. Que voulait-il ? En fait, si elle réfléchissait bien, Cameron, ne pouvait pas l'avoir vu, sinon il le lui aurait brandi devant les yeux. A moins que Cameron jouât au chat et à la souris.

— Quoi donc, Cameron ?

—Tu ne me demandes pas si j'ai passé une bonne journée ? répondit sarcastique Cameron

— Ah, mais j'allais te le demander mon chéri, alors comment s'est passée ta journée ? fit Ambre complaisante, soulagée à l'intérieur d'elle-même.

— Très bien, j'ai un nouveau client. Un hôtel 5 étoiles à construire à Vancouver. Beaucoup de travail, c'est une priorité, déclara Cameron, avec fierté.

— Mais c'est magnifique ! Ambre se demanda combien de temps elle allait rester assise sur son passeport. Son attitude pouvait paraître suspecte.

Heureusement, Cameron fit volte-face. Ambre en profita pour récupérer le document et le camoufla sous le lit.

— Et si tu nous faisais à manger maintenant, j'ai faim, ordonna Cameron.

— Oui j'y vais. Ambre se dirigea vers le couloir, mais Cameron attrapa son poignet et l'attira contre lui.

— Tu es magnifique dans cette petite robe, dit-il plus amoureux. Il donna une petite claque sur son postérieur et ajouta plus fermement

— J'espère que tu ne t'es pas promenée dehors avec. Je ne veux pas que d'autres hommes te regardent.

— Non Cameron, c'est juste ici, répondit-elle.

— Parfait, allez va préparer à manger, maintenant.

Ambre, rassurée, partit, suivie de Cameron, à la cuisine. Après ces quelques minutes d'émotions intenses chargées de peur, Ambre songea qu'elle eût beaucoup de chance. La prudence sera, à l'avenir, sa meilleure amie.

▪

La nuit qui précéda son départ fut longue et oppressante. Ambre, anxieuse ne trouva pas le sommeil. Elle ressassa chaque détail, dans sa tête. Sa conscience très active, en plein éveil, se débattit avec tous ses démons. La culpabilité la traversa. Ambre se demanda si finalement, elle ne se précipitait pas un peu trop rapidement. Peut-être que la situation pouvait s'arranger d'elle-même. Dans son for intérieur, elle savait que non. Son confort matériel lui manquerait. Sa maison était son cocon, son havre de paix, ainsi que le cadre exceptionnel qui l'environnait. Elle faisait partie intégrante de ce monde, de cet éden au paysage somptueux, que recherchaient les voyageurs pour fuir leur quotidien. Ambre connaissait la mentalité des habitants, des Canadiens. Et maintenant, elle quittait ce mode de vie, pour un autre ailleurs sauvage et plein de mystère. Ambre ne savait pas quel serait son quotidien en Tanzanie, bien que Mathias le lui ait en partie expliqué. Elle devrait s'imprégner de nouvelles traditions, s'adapter à de nouvelles coutumes. Ambre aimait voyager, découvrir d'autres terres insolites. L'aventure lui procurait à chaque fois un regain d'énergie, un plus dans sa vie. Elle haïssait la routine. Alors justement, Ambre se rassura sur ce fait. Pourquoi hésitait-elle encore ? Sa quiétude disparaissait au fil du temps avec le comportement, la folie grandissante de Cameron qui menaçait son bien-être, son équilibre. Il ne l'écoutait plus, ne la respectait plus. La prudence et la peur envahissaient son quotidien. Elle n'était coupable de rien. Désormais, un étranger vivait à ses côtés. Agitée, Ambre chercha la position idéale pour dormir. Elle scruta leur radio-réveil qui afficha 3h du matin. Ambre se répéta qu'elle avait opté pour la bonne décision et ne devait pas fléchir. Elle se tourna à nouveau de l'autre côté, bien décidée, cette fois, à tomber dans les bras de Morphée. Son cœur s'emballa. L'obscurité n'envahit pas totalement la chambre et donc, elle fit face à deux prunelles noires qui la fixèrent attentivement. Cameron ne dormait à priori plus et semblait l’observer.

— Quelque chose te tracasse, ma chérie ? demanda-t-il tout mielleux.

— Rien en particulier. Je ne sais pas pourquoi, je n’arrive pas à dormir. C’est pénible.

— Oui, je vois ça et oui c’est pénible. Tu m’empêches de dormir aussi, à force de bouger dans tous les sens. Ce n’est pas ton travail qui te préoccupe, donc ? s'enquit-il lentement.

— Non, j’aime mon travail, répondit Ambre, nerveuse et méfiante.

— Dommage. Non parce que j’ai réfléchi à ce sujet et je me disais que ce serait bien si tu cessais de travailler à l’hôtel, continua-t-il.

— Pourquoi veux-tu que j’arrête si j’aime ce travail ? ne put s’empêcher de contrer Ambre. Stop, se dit-elle, demain à la même heure, tu ne seras plus ici, peu importe. Acquiesce, pour qu’il te fiche la paix.

— Ce n’est pas un conseil, c’est un ordre. Je veux que tu travailles avec moi, pour moi. Je vais être de plus en plus appelé à travailler à Vancouver. Impossible de rentrer tous les soirs, avec deux heures de route. Alors tu dois être à mes côtés. Je ne veux pas que des hommes te tournent autour comme des vautours pendant mon absence. D’ailleurs, ce n’est pas un homme qui t’empêche de dormir, Ambre ?

C’est confirmé, il est fou. Bien sûr que si, c’est un homme

qui m'empêche de dormir, puisque c'est toi l'homme, le sujet de mon insomnie, songea Ambre. Si tu doutais encore de tes résolutions, en quelques instants, il vient de te libérer complètement de tes chaînes.

— Non je te rassure, il n'y a pas d'homme, mon chéri. C'est effectivement dommage, mais bon, nous en rediscuterons, la prochaine fois. Enfin, si tu veux que j'arrête, j'arrête, exprima Ambre avec douceur.

— Oui, c'est ce que je veux. Dors maintenant et si tu n'y arrives pas, évite de trop bouger, s'il te plaît, ordonna Cameron.

Son mari ne comprenait décidément plus rien au mot aimer, ni au respect. L'amour ne signifiait pas posséder une chose, un être au point de l'étouffer, de le détruire. Ce sentiment n'est pas acquis à vie. Il est fragile et chaque jour, tout est à refaire, à réinventer. C'est une aventure à partager à deux. Une chance à saisir. Mais comment l'expliquer à un homme dont la démence et la paranoïa ravageaient les neurones. Ambre, cette fois, s'assoupit rapidement sur cette réflexion.

▪

Jour J

A 6h du matin, Cameron se leva et se prépara. Ambre resta allongée afin d'éviter une sempiternelle conversation épineuse qui prolongerait sa présence dans la maison. Au moment du départ, Cameron rejoignit Ambre et l'embrassa affectueusement, sur le front.

— A ce soir, ma chérie. Je rentrerai très tard ! dit-il sur un ton d'époux aimant.

— A ce soir, répondit-elle, feignant la femme encore dans la brume du sommeil.

Elle entendit la porte d'entrée claquer, attendit quelques minutes et sortit enfin du lit. Il était 7h du matin. Ambre vérifia que la voiture de Cameron eût disparu. Elle prit son petit-déjeuner, sa douche et s'habilla hâtivement. Une longue journée se profilait. Son avion décollait à 12h. L'aéroport international de Vancouver se situait à 2h20 de trajet, mais grâce à l'hydravion, Ambre limiterait son temps de trajet à 45 minutes. Puis, un taxi l'attendrait au port de Vancouver. Ambre récupéra sa valise et sélectionna les vêtements. Elle réprima l'envie de tout emporter, mais elle prit le strict nécessaire, sa trousse de secours, ainsi que son appareil photo et ses papiers. La jeune femme saisit une feuille blanche de son imprimante et rédigea un mot à l'attention de Cameron :

Cameron, je m'en vais. Ne me cherche pas, je ne reviendrai pas sur ma décision. La vie est impossible avec toi. Tu as changé. J'ai voulu te parler. Je t'ai fait comprendre des choses, mais tu es obstiné. Qu'est-il arrivé à l'homme que j'ai aimé ? On avait tout pour être heureux, mais c'est terminé. Adieu. Ambre.

Elle posa la lettre sur l'oreiller. Ensuite, Ambre prit son Smartphone et procéda à sa réinitialisation afin de supprimer le logiciel espion. Avant, elle s'assura que ses données, ses contacts soient sauvegardés sur sa carte mémoire. Enfin, Ambre téléphona à un taxi afin que Cameron ne découvre pas son véhicule près de l'aérodrome et fasse le lien, un rapprochement avec Mathias. Même si Ambre se doutait que Cameron y songerait tôt ou tard, elle préférait que ce soit le plus tardivement possible. En attendant le taxi, elle fit le tour de toute la maison et contempla avec tendresse les pièces. Maintenant, elle fuyait comme une voleuse à cause de lui. Ce n'est pas le moment de t'attacher, de larmoyer sur ta situation, pensa Ambre avec dureté. Ambre ferma à clé la porte derrière elle. Le dernier lien qui l'unissait à cette vie. Le taxi arriva à cet instant-là. Ils installèrent la valise dans le coffre et la voiture quitta les lieux. Elle eut un dernier regard plein de nostalgie pour cette belle demeure qu'elle abandonnait lâchement.

— Vous partez en voyage ma petite dame ? questionna le chauffeur de taxi.

— Oui, je pars à Vancouver, rejoindre mon mari, mentit Ambre.

Moins de gens savaient, mieux son secret serait préservé. Le taxi arriva dix minutes plus tard au petit aérodrome flottant. Elle paya la course puis rejoignit le ponton où son pilote l'attendait. Le premier vol et le plus court d'une longue série. Ce fut le repreneur de Mathias qui l'attendait et qui pilota l'hydravion. Il ne la connaissait pas et ainsi cela évita toutes questions indiscrètes concernant son passé. Rien que des banalités. Ambre ajusta son casque audio et boucla sa ceinture. Lorsqu'enfin l'appareil décolla de la surface de l'eau et domina Whistler, Ambre couva du regard le panorama verdoyant, le massif montagneux. Elle aperçut les pistes ainsi que la station. Les télécabines fonctionnaient été comme hiver, dont l'une d'elle, nommée Peak to Peak, reliait deux sommets : Whistler Mountain et Blackcomb Mountain. Elle était réputée pour être la plus longue remontée du monde, 4,4 km, ainsi que la plus grande portion démunie de support. Elles culminaient à 436m du sol. Très impressionnant. Ambre sourit. Des souvenirs la submergèrent. Elle se rappela Cameron qui la taquinait en se balançant afin que la cabine bouge dans le vide. Un autre temps, une époque insouciante, révolue.

Le soleil rayonnait. Un ciel bleu pâle tacheté de quelques nuages cotonneux s'étirait sur la Colombie-Britannique. Une douce lumière embrassait le relief. Ils survolèrent la chaîne du mont Garibaldi composée de son volcan endormi, de glaciers et de son lac à la robe turquoise. Ambre se délectait de ce paysage. Les Rocheuses offraient aux amoureux de la nature une myriade de pics abrupts, de sources d'eaux à volonté telles que des cascades, des étangs aux diverses nuances de tons, de rivières nichées parmi des forêts de conifères.

Vancouver se profila à l'horizon avec ses gratte-ciels, entourée de l'océan, de détroits sinueux et de montagnes. Le pilote contacta la tour de contrôle. Après quelques échanges et deux approches pour évaluer la distance, l'hydravion amorça son amerrissage dans la cité portuaire animée, qui foisonnait de navires de croisières, de ferry, de terminaux de marchandises et de containers. Il était 9h15, lorsque l'avion se plaça parallèlement au quai, à côté d'autres hydravions. Des immeubles aux architectures diverses, et des tours de verre se dressaient le long de la baie de Vancouver.

Ambre remercia le pilote et se dirigea vers son taxi, qui l'attendait. Lorsqu'elle arriva à l'aéroport, son téléphone sonna. Le nom de Cameron, apparut sur l'écran tactile. Elle ne répondit pas. Il dut s'apercevoir que la géolocalisation de son portable ne donnait plus aucun signal. Elle avait disparu. Ambre écouta sa messagerie :

« Bonjour chéri, rappelle-moi, je dois te parler. Je t'aime »

Tu paniques, Cameron. Il utilise les sentiments, pour que je craque, pensa Ambre.

Au comptoir de la compagnie d'avion, elle enregistra sa valise.

— Bon voyage ! lui déclara l'hôtesse en lui donnant son billet. La liberté s'offrit à elle, sur ce petit bout de papier. Ambre glissa sa lettre de démission dans une boîte postale de l'aéroport. Cette fois, aucune marche arrière ne fut possible et elle ne le souhaitait pas. Un sentiment de bien-être et de légèreté la parcourut quand Ambre franchit la douane. Durant l'attente, dans le hall d'embarquement, la jeune femme reçut un SMS de Cameron.

« Que fais-tu, où es-tu ? Rappelle-moi tout de suite. » Le ton sembla plus ferme. Cette fois, mon silence le rend fou, il ne maîtrise plus rien. Pourtant, si tu savais Cameron, je ne suis pas si loin de toi. Elle décida d'éteindre le portable, pour ne plus être importunée par ses relances. Pendant un court instant, elle hésita et voulut s'en débarrasser. Elle pensa le jeter, mais finalement Ambre le garda. Elle prit son autre portable et écrivit un message à Mathias pour l'avertir de l'évolution de son voyage.

Ambre observa les avions qui décollaient et atterrissaient. Elle eut l'impression d'être l'un de ses oiseaux que plus rien ne retient. Un long voyage de 21h40 se dessina, avec deux escales, l'une à Calgary et l'autre à Amsterdam, mais au bout de ce périple, l'aventure et l'espoir d'une vie meilleure se précisaient.

CHAPITRE 3

Tout d'abord, Cameron crut à un dysfonctionnement du logiciel espion qu'il avait installé, ce qui l'agaça fortement, mais ensuite, Ambre ne répondit à aucun de ses messages. Il détesta ce silence, cet affront. La suspicion, la colère l'envahirent et altérèrent ses capacités de réflexion à son travail. La rage au ventre, il rentra plus tôt. La présence de la voiture d'Ambre le rassura. Elle avait intérêt à avoir une bonne raison de ne pas lui avoir répondu. Sinon, il s'occuperait d'elle afin qu'elle comprenne vite qui commandait, pensa Cameron. Mais le mauvais pressentiment qui l'avait tenaillé toute la journée, s'accrut quand il entra dans la maison.

—Ambre ! cria-t-il.

Le silence l'accueillit. Il se rua dans le salon, la salle à manger puis Cameron grimpa les marches deux par deux et scruta leur chambre. Ses yeux se posèrent sur un papier installé sur l'oreiller. Il lut le mot et sa fureur se décupla.

— La garce ! comment oses-tu ! on ne me quitte pas comme ça.

Il saisit le premier objet à sa portée, ce fut la lampe de chevet, et la jeta sauvagement à travers la pièce. Elle se brisa contre le mur. Il poussa un hurlement chargé de haine et démolit tout sur son passage, afin de se défouler. Il ne supporta pas d'avoir été dupé. Lui. Comment n'a-t-il pas été capable de s'apercevoir du moindre plan machiavélique que sa femme avait monté à son insu ?

Quand il retrouva son calme et la raison, Cameron chercha le moindre indice qui le guiderait vers Ambre. Il se jura de la retrouver.

▪

L'avion atterrit dans la soirée à 19h40 heure locale, le lendemain à l'aéroport international du Kilimandjaro. Ambre passa le poste de douane après vérification de son passeport, son visa et la lettre de son employeur. Le douanier éplucha avec minutie tous ses documents. Elle récupéra ensuite sa valise assez rapidement et sortit du hall de débarquement. Quelques correspondants d'agences locales accueillirent des voyageurs désorientés et reconnaissants d'être pris en charge. Des personnes exprimèrent des cris de joie lors de retrouvailles avec des proches. Fourbue, Ambre chercha du regard Mathias. Il agita la main et elle l'aperçut. Habillé, d'une chemise kaki à manches courtes et d'un pantalon beige, il lui adressa un grand sourire et la fatigue d'Ambre disparut en quelques secondes. Mathias la serra chaleureusement contre sa poitrine. Ambre se refugia avec plaisir dans ses bras réconfortants.

— Tu as fait bon voyage ? demanda-t-il en se détachant d'elle.

— Oui, mais je suis heureuse d'être là et de te voir. C'était long et je suis exténuée, exprima-t-elle.

— Allez viens, l'hôtel n'est pas très loin, tu vas pouvoir te reposer.

Mathias saisit sa valise et guida Ambre à l'extérieur. L'air chaud la happa. La jeune femme, éreintée, se laissa guider avec plaisir et apprécia la sollicitude dont Mathias fit preuve à son égard.

Toujours sur le qui-vive ces derniers temps, elle perdit l'habitude du moindre geste d'empathie. Mathias se dirigea vers un 4x4 beige à la configuration safari. Il lui ouvrit la portière côté passager et l'invita à s'installer. Mathias posa sa valise derrière et prit le volant. Le véhicule sortit de l'aéroport et emprunta une route, puis une piste. Malgré l'obscurité, Ambre distingua une végétation aride et quelques acacias. Une entrée de jardin en forme d'arcade se dressa devant eux, avec l'inscription karibu gravée au sommet en bois. Pour l'avoir vu à l'aéroport, elle comprit que Karibu signifiait bienvenue. Le véhicule franchit le portail et s'engagea dans une allée, puis ils arrivèrent devant la façade d'un hôtel au toit de chaume. Un Tanzanien d'une quarantaine d'années les accueillit. Il fit une accolade à Mathias et ils échangèrent quelques mots dans le dialecte du pays, le kiswahili. Puis l'homme s'adressa à Ambre dans sa langue, avec aisance.

— karibu, bienvenue en Tanzanie, Ambre. Je me présente, je m'appelle Salvius. Je suis un ami de Mathias et le directeur de cet hôtel. Nous allons vous emmener à votre chambre. Avez-vous faim ? demanda-t-il.

— A vrai dire non, je suis épuisée, je n'ai pas réussi à vraiment dormir dans l'avion, alors je crois que, pour le moment, je vais me reposer. J'espère que vous ne m'en voudrez pas. Jusqu'à quelle heure servez-vous ? dit-elle de plus en plus envahie par la fatigue, en pensant à un bon lit.

Salvius rit de bon cœur, et posa amicalement sa main sur la sienne.

— Hakuna matata, ce qui signifie : il n'y a pas de problème. Je vous comprends tout à fait. Les horaires du restaurant sont de 19h à 21h30. Mais si vous en avez besoin, nous pouvons faire une exception et vous préparer un encas. Les amis de Mathias sont nos amis. Pour le moment, Saidy va vous emmener à votre chambre. A tout à l'heure, Ambre, déclara, chaleureusement Salvius. Un Massaï, grand et élancé, apparut, vêtu d'un tissu drapé rouge vif à carreaux, enroulé autour de son corps.

— Jambo, Karibu sana, dit-il puis le Massaï souleva la valise et la transporta sur son épaule. Impressionnée et embarrassée, Ambre suivit le Massaï, accompagnée de Mathias. Elle murmura à Mathias :

— J'aurais pu tirer ma valise. Il va se casser le dos.

— Ne t'inquiète pas. Il a l'habitude, c'est son travail. Il aura ainsi un pourboire, donc tu contribues à nourrir sa famille, dit Mathias amusé.

Ils traversèrent l'accueil, puis ressortirent aussitôt dans un grand jardin, à la végétation luxuriante. De majestueux cactus de la corpulence d'arbres s'érigeaient de chaque côté du chemin. Des fleurs rouges aux longs pétales étoilés jonchaient le sol. Le Massaï s'arrêta devant une cabane aux murs ocre et au toit de chaume. Il tourna la clé dans la serrure et invita Ambre à entrer. Il posa la valise au sol. Mathias lui tendit des pièces, puis il prit congés.

— C'est très gentil à toi, Mathias, de lui avoir donné un pourboire mais c'était à moi de…

—Hakuna Matata. C'est avec plaisir que je l'ai fait, Ambre. Cool. Laisse-toi faire, tu es mon invitée, répondit Mathias posément.

Ambre le remercia avec un sourire plein de gratitude. Elle contempla la chambre au charme africain. Elle remarqua deux lits jumeaux à baldaquin recouverts de moustiquaires.

— Je te laisse te reposer, car je sens que tu meurs d'envie de plonger dans un bon lit, suggéra Mathias, moqueur.

— Oh oui, avoua Ambre, ravie de s'allonger, après un nombre infini d'heures de vol, recroquevillée sur son siège. Au fait, que veut dire Jambo ?

— Bonjour.

— Et comment dit-on merci ?

— Asante, prononça Mathias, en ouvrant la porte.

— Alors asante, Mathias, tu es vraiment quelqu'un de bien. J'ai de la chance de t'avoir comme ami, déclara Ambre, sincère et touchée par les marques d'attention de son ami.

— Allez dors, au lieu de dire des bêtises. A plus tard, dit-il en sortant de la chambre.

Ambre se déshabilla hâtivement. Elle se précipita sous la moustiquaire et s'étendit avec bonheur sous le drap. Aussitôt, Ambre s'assoupit, ivre de fatigue par le voyage, le décalage horaire et la nuit d'insomnie qui précéda son voyage.

Ambre émergea de son sommeil profond, bercée de chants mélodieux d'oiseaux. Elle se redressa, désorientée. Ambre dévisagea la chambre au style africain baignée par une pâle lumière du jour. Elle réalisa qu'elle était en Tanzanie. Ambre découvrit Mathias endormi, allongé sur le ventre, dans le lit voisin. Un drap blanc rabattu jusqu'à sa taille, faisant ressortir sa peau noire caramel. Ce fut étrange et curieux, de le voir ainsi. Elle fut tentée de le prendre en photo. Ambre regarda sa montre qui afficha 6h45. Elle avait dormi neuf heures d'affilée. Pas étonnant après un voyage aussi long. Ambre ressentit une grande sérénité. Sentiment qu'elle n'éprouvait plus depuis un moment. Elle se leva discrètement afin de se préparer. La jeune femme sortit sa trousse de toilette de sa valise. Elle trouva deux petites bouteilles d'eau minérale, disposées près du lavabo, qui lui rappelaient qu'elle ne devait en aucun cas boire l'eau du robinet, en Tanzanie. Elle soupira. Un des désagréments majeurs de ce séjour, si elle ne souhaitait pas être malade. Ambre grimaça lorsque le miroir projeta son reflet, une tête blonde aux cheveux ébouriffés. Il était grand temps de s'apprêter et d'être fraîche au réveil de Mathias. Elle se hâta de se brosser les dents, de se nettoyer le visage au lait de toilette puis se précipita sous la douche. Enfin, quand elle en ressortit, Ambre se sentit belle et d'attaque pour découvrir ce nouveau monde. Elle enroula une longue serviette de bain autour de son buste, puis elle chercha des vêtements légers et adéquats au pays. Ambre hésita, prit son portable et résista pour ne pas le rallumer afin d'écouter les éventuels messages de Cameron. Elle l'enfouit au fond de sa valise. La faim réveilla son estomac endormi. Mathias apparut torse nu, en caleçon. Ambre sourit devant cette image fort inhabituelle, mais agréable.

—Bonjour Ambrc, bien dormi ?

—Bonjour monsieur. Oui, neuf heures de sommeil, ça ira, je crois. J'ai une faim de loup.

Mathias se doucha, puis ils déjeunèrent au restaurant de

l'hôtel au toit de chaume, ouvert sur le jardin. Le petit-déjeuner se composait d'un buffet à volonté avec du pain et des viennoiseries. Elle en profita pour prendre son traitement antipaludique. Ambre observa son nouvel environnement afin de s'imprégner de l'ambiance détendue. Petit à petit l'oisiveté estivale provisoire la gagnait en contemplant avec amusement des couples ainsi que des familles de vacanciers. Tous semblaient heureux et insouciants, sans aucune touche d'animosité. Elle se délecta de ce doux moment, agrémenté de rires d'enfants, de bribes de conversations sur des retours de safaris. Ambre perçut à nouveau le chant des oiseaux qui accompagnèrent son réveil et découvrit les auteurs de ces mélodies. De magnifiques petits volatiles, à la tête noire et au bec bleuté, constitués pour le reste du corps de plumes de divers bleus métal éclatants ainsi que d'un ventre orangé. Lorsque l'un de ces oiseaux s'approcha de leur table afin de picorer quelques miettes, Ambre saisit son appareil photo et prit quelques clichés.

— Ce sont des Trogon Narinas, dit Mathias heureux de contribuer à la découverte de son pays.

Après le petit-déjeuner, Mathias et Ambre quittèrent l'hôtel. Ils partirent sous un ciel dégagé, parsemé de quelques nuages duveteux, en direction d'Arusha. De là, Ils prendraient un petit avion de brousse de type Cessna à l'aérodrome d'Arusha pour le Parc National du Serengeti.

Pour le plus grand bonheur d'Ambre, la montagne emblématique de l'Afrique, le Kilimandjaro, culminant à 5895 mètres d'altitude, se découpa à l'horizon avec son dôme enneigé.

— Profites-en, car ce n'est pas si souvent que l'on voit le Kili aussi nettement.

Il s'arrêta sur le côté de la route afin qu'Ambre capture le mont en photo. Elle ouvrit la fenêtre et s'accouda à la portière pour s'immobiliser, puis zooma. Elle procéda à quelques réglages manuels de son appareil, afin de trouver le juste équilibre entre la vitesse et la lumière.

Ambre admira le pic impérieux se dresser majestueusement en fond de savane. Tout doucement le sommet se couronnait de cumulus. Mathias redémarra.

— Je l'ai grimpé, avoua fièrement Mathias.

— Jusqu'au sommet ?

— Oui, j'ai réussi l'ascension. 5 jours de montée par la voie Machame, la plus belle et la plus sauvage aussi. Il faut être un marcheur entraîné et extrêmement motivé. Surtout être bien averti des difficultés en haute altitude.

—Et autant de jours pour redescendre ? demanda Ambre, admirative.

— Non, une seule journée suffit.

— Que se passe-t-il si on est sujet au mal de montagne ?

— Le mal de l'altitude, je dirais. Mal de tête, envie de vomir. J'ai l'ai vécu, ça. Tu as la sensation d'être ivre. Un grand sportif s'était joint à nous avec le groupe et le guide. Malheureusement, pour lui, il a eu toutes ces sensations, mais en plus des vertiges, des insomnies, il n'avait plus d'appétit. Il a été obligé de redescendre, sinon il pouvait mourir d'un œdème cérébral ou pulmonaire.

— Mais c'est horrible. Il faut être fou pour vouloir souffrir.

Mathias rit de bon cœur.

— Ah oui, mais c'est un tel défi et tellement grandiose arrivé là-haut, dit-il les yeux pétillants.

Ambre l'observa, fascinée. Amusée par cet homme qui se livrait et qu'elle découvrait autrement au fur et à mesure. Mathias rencontra son regard et lui adressa un sourire malicieux.

—Tu me découvres, hein ? C'est vrai que je ne t'ai jamais vraiment parlé de moi, de mon enfance, de ma vie d'avant. Mais tu es en plein dedans là. L'Afrique. J'espère que mon monde te plaira.

— Ce que je vois et entends me plaît déjà, affirma Ambre qui le fixa, taquine.

— Tu parles de qui là ? Attention madame, vous vous adressez à votre futur patron, dit-il, un brin sérieux.

Ambre se figea, angoissée au ton autoritaire, et resta quelques secondes interdite. Mathias vit, dans les yeux d'Ambre, de l'appréhension et du doute et regretta sa plaisanterie. L'ombre de Cameron plana au-dessus d'eux. Cet homme l'avait décidément marquée au fer rouge.

— C'était pour rire, tu sais. Je ne suis pas Cameron, déclara Mathias d'une voix douce et avec un clin d'œil.

— Désolée, je sais que tu n'es pas Cameron. C'est un mécanisme d'autodéfense qui refait surface. Je devrais me détendre, affirma Ambre, confuse puis elle gloussa, devant l'air enjoué et mutin de Mathias.

Ils continuèrent à rouler sur la route principale goudronnée et en bon état. Le paysage défilait parfois avec une végétation luxuriante, parfois très aride à la terre ocre. Tout au long de leur chemin, Ambre fut surprise d'apercevoir des Tanzaniens cheminant sur les bas-côtés, et beaucoup de Massaï, parfois assis sur le talus qui discutaient. Elle constata également un grand nombre de Massaï, dans les plaines avec du bétail. Des enfants et des hommes dans leurs costumes traditionnels, pour la plupart vêtus de beaux pagnes rouge vif, quelquefois d'un bleu éclatant, surveillant avec leurs bâtons des vaches, des chèvres et des moutons. Tous très grands et élancés. La couleur du tissu l'intrigua et elle ne put s'empêcher de poser la question :

— Leur habit est souvent dans les tons rouges, est-ce que cela signifie quelque chose ?

— Cela fait référence à l'utilisation de l'ocre de cette même couleur.

Au loin, elle remarqua à plusieurs reprises des villages composés d'un ensemble de petites huttes circulaires recouvertes de branchages, qui se confondaient avec la nature. Ces villages étaient ceints par une clôture formée de branches épineuses. Mathias lui expliqua que c'était des villages Massaï, nommés Boma. Les femmes construisaient les maisons. Elles utilisaient des branchages entrecroisés, bardés de bouse de vaches et de boue. Ce mélange séchait très rapidement au soleil pour devenir suffisamment dur. Chaque habitation se composait de la même manière : une pièce où les invités pouvaient discuter, une deuxième pièce pour les animaux et enfin la salle principale qui recueillait le feu, afin de faire cuire les aliments, mais aussi des nattes pour dormir, posées à même le sol. Les Massaï ne disposaient d'aucun meuble. Les femmes s'occupaient aussi de la vie du village comme de l'entretien des maisons, du repas, des vêtements. Quant aux hommes, ils veillaient à la sécurité du campement et se consacraient au bétail.

— La vie traditionnelle des Massaï s'organise autour du bétail qui constitue leur principale source de nourriture. Ils croient que leur dieu Enkai, dieu créateur qui se manifeste à travers la pluie et le ciel, leur a confié son propre bétail afin qu'ils s'en occupent. La richesse d'un Massaï est déterminée par le nombre de vaches que possède sa famille. Chaque famille massaï possède une dizaine de bœufs, de chèvres et de moutons, raconta Mathias.

Ils traversèrent des petites bourgades, toujours très animées de petits commerces en tous genres. Tels que des échoppes en bois ou en taule achalandées de gravures représentant la faune, la flore africaine. Egalement, des petits troquets, des épiceries et supermarchés sans prétention. Sur le côté de la route, des Tanzaniennes assises soit sur des tabourets, soit sur des seaux, vendaient des fruits et légumes. Ambre fut surprise à chaque fois de voir autant de mouvements, d'activité dans les rues. Elle vit des autochtones arpenter les ruelles, plongés dans leur univers quotidien. Certains poussant leurs vélos, ou leurs chariots remplis de paille. Des femmes portant sur leurs têtes du bois ou des récipients chargés de bananes. Mais aussi beaucoup d'échanges, de petits comités d'hommes conversant entre eux. Elle observa un trafic incessant de motos. Un nombre considérable de jeunes Tanzaniens semblait utiliser ce moyen de locomotion et Ambre remarqua régulièrement des rassemblements de motards. Ravie, Ambre prit des photos de ces instants de vie.

Après plus d'une heure de route, ils arrivèrent aux alentours d'Arusha, une ville estimée à environ 500 000 habitants. A l'approche de l'agglomération, des plantations de café abondèrent. La végétation semblait également plus tropicale. Une imposante montagne nommée le Mont Méru, qui est également un volcan encore actif, se dressa qui surplombait la ville du haut de ses 4565 mètres. Des immeubles modernes s'élevaient parmi des bidonvilles et des maisons plus huppées.

— Evite ici d'ouvrir ta fenêtre pour prendre des photos, car tu risquerais de te faire arracher ton appareil photo, avertit Mathias qui actionna le verrou des portes de leur véhicule.

Ils s'insinuèrent dans la circulation dense et difficile. Pour Ambre, le monde rural sembla loin derrière. Un flot incessant de piétons affluèrent dans les rues et sur les trottoirs. Ils slalomèrent entre les charrettes, les voitures de safari, les dala-dala. La ville lui parut une ruche sans aucun charme, hormis le fait qu'elle était le point de départ vers les principaux parcs tanzaniens. Ambre remarqua une sécurité renforcée pour la plupart des maisons, entourées de murs, de grillages et barreaux aux fenêtres. Mathias expliqua qu'Arusha fut le siège du Tribunal pénal international pour le Rwanda afin de juger les crimes de génocide.

— Arusha est le centre administratif et industriel d'une région productrice de café, de coton, de pyrèthre qui est une plante herbacée utilisée en gargarisme pour soulager les rages de dents et les maux de gorge, ainsi que le sisal qui est aussi une plante. Celle-ci est utilisée pour sa résistance. Sa fibre sert à la fabrication de cordages, de tissus grossiers et de tapis. expliqua Mathias.

Ils décidèrent de s'arrêter afin d'ouvrir un compte en banque pour Ambre et lui permettre de toucher son salaire. Pour l'argent de poche, Mathias lui conseilla de changer son dollar canadien dans un bureau de change, car le taux était plus intéressant que dans les banques. Ensuite, ils reprirent la route et traversèrent des avenues parsemées de flamboyants, de grands arbres remplis de belles fleurs rouges aux allures de tulipes. Mathias proposa, avant de partir, de découvrir le marché local d'Arusha, le seul attrait de la ville. Il pensa que cette immersion parmi les autochtones plairait à Ambre. Enchantée, Ambre se laissa guider. Ils s'engouffrèrent dans le marché couvert où une forte odeur de poisson imprégna immédiatement Ambre. Ils se promenèrent parmi des étals de fruits frais et secs, de légumes, d'épices et poissons séchés. Puis Mathias l'orienta vers un bâtiment au mur défraîchi qui abritait des boucheries. Chaque échoppe possédait un numéro au-dessus de sa porte, sans enseigne et avec leurs bouchers qui attendaient les clients à l'entrée. Les pièces étaient baignées dans l'obscurité. Seule la fenêtre principale donnait de la lumière à l'intérieur. Ambre s'approcha et distingua de la viande stockée, suspendue au plafond. Elle grimaça de dégoût. La jeune femme devina une totale absence d'hygiène. L'endroit était assez bruyant. Les badauds s'interpellaient ou discutaient à une certaine distance. Ils s'éloignèrent. Mathias l'entraîna beaucoup plus loin, vers une aire plus découverte. Il sut qu'ils les trouveraient. Ambre bondit de joie à la vue d'une centaine de Massaï qui exposaient leurs produits. Elle jubila à l'idée de se fondre au milieu d'un peuple qu'elle admirait souvent à travers des magazines sur du papier glacé.

— A Arusha, les marchés massaï sont courants et chaque jour, il est possible d'en voir. Certains sont itinérants et d'autres sont fixes, dit Mathias amusé.

Ils déambulèrent au milieu de femmes vendant des légumes, des fruits et du lait caillé qui stagnait dans des seaux en plastique à température ambiante. Assises à même le sol, certaines proposaient des étoffes et des bijoux en perles fabriqués au village. Les hommes toujours accompagnés de quelques têtes de bétail marchandaient afin de les vendre ou les acheter. Intimidée, elle s'émerveilla devant ces nomades distingués, fort élancés, au port altier paradant dans leurs pagnes rouges, parfois orangés, avec de grands bâtons et des poignards accrochés à leurs ceintures. Aussi proche, elle put à son aise observer d'autres éléments de leurs personnalités. Des perles de verre de toutes les couleurs ornementaient leurs chevilles, leurs poignets. La plupart des femmes massaï portaient de grands, larges et plats colliers toujours agrémentés de rangs de perles enfilées sur des fils de fer autour de leurs cous. Certaines Massaï superposaient leurs parures qui leur faisaient des collerettes et mettaient leurs visages en valeur. Leur crâne rasé accentua cet effet. Ambre fut surprise de voir que tous et toutes se chaussaient de sandales confectionnées à partir de pneus de voitures. D'ailleurs, des restes de pneus découpés traînaient à côté d'un assortiment de chaussures en vente de toutes les tailles.

— Ils sont élégants, fit remarquer Ambre à Mathias.

— La parure corporelle tient une grande place chez les peuples massaï pastoraux.

Ambre regarda Mathias. Grand, distingué, le crâne lisse dégarni de tous cheveux, un visage fin et un regard intense. Elle l'imagina parfaitement en tenue massaï. Mathias lui adressa un grand sourire et ajouta :

— N'oublie pas que mes grands-parents et ma mère sont Massaï. Si tu es sage, je t'emmènerai voir un jour leur village. Peut-être serons-nous invités à dormir sur place.

Les yeux marron d'Ambre pétillèrent de reconnaissance.

— Ne me remercie pas trop vite, au contraire ce jour-là, tu risques de me détester. Les Massaï se nourrissent essentiellement de laitage, mais aussi de sang de jeunes bovins. On t'offrira sans aucun doute un bon bol de sang mélangé à du lait qui constitue l'aliment de base. Et tu ne pourras pas refuser.

Un rictus d'écœurement se dessina sur les lèvres d'Ambre. Mathias ne put s'empêcher de s'esclaffer.

— Alors il sacrifie une bête pour se nourrir ?

— Oh non, ils ne les tuent pas. Ils prélèvent le sang des jeunes bovins en les incisant au niveau du cou avec une flèche tirée dans la veine jugulaire. La viande est consommée plus rarement et ne doit jamais être mêlée à du lait. Elle est réservée à certaines cérémonies ou occasions particulières. L'idée pastorale massaï les conduit à rejeter toute alimentation animale et activité agricole ou cynégétique à vocation alimentaire. Ils ne consomment ni poisson, ni oiseau, ni gibier sauvage - à l'exception du buffle et de l'élan - ressemblant à leur propre bétail.

— Ils boivent du sang, mais ils ne font pas pour autant du tam-tam pour communiquer, dit Ambre abasourdie qui vit des Massaï utiliser des téléphones portables. Décidemment, le monde moderne rattrapait aussi ce peuple d'éleveurs et guerriers semi-nomades, attaché aux croyances et traditions ancestrales et culturelles.

— Ils résistent à toutes les tentations et surtout aux incitations du gouvernement tanzanien à leur faire adopter un mode de vie plus sédentaire et à adopter l'agriculture. Ils ont aussi été souvent dépossédés de leurs terres par les fermiers et dans le cadre de plans gouvernementaux. Cependant, beaucoup de Massaï ont abandonné leur mode de vie traditionnel pour le style de vie occidentale. Certains jeunes ont émigré en Europe ou en Amérique du Nord, afin de poursuivre des études supérieures. Ma mère en est la preuve vivante : elle a préféré se marier avec mon père, plutôt que de continuer à vivre dans son village et épouser un Massaï.

Ambre espéra que les Massaï ne disparaîtraient pas. Elle comprit le désir de quelques-uns à vouloir évoluer autrement que leurs ancêtres. C'était leur choix. Mais que la société actuelle se donnait le pouvoir de forcer un peuple à avoir un autre style de vie, à modifier ses coutumes, la désola profondément. Tiens, cette attitude lui rappela vaguement une personne, qu'elle chassa vite de son esprit.

— On y va ! proposa Ambre, pressée de découvrir la savane, vue d'avion.

Elle entraîna affectueusement Mathias, et ils partirent bras dessus bras dessous. Mathias adora ce geste plein de complicité. Il contempla le visage rayonnant de la jeune femme. Elle semblait plus détendue, plus heureuse qu'à son arrivée la veille. Certes, il y eut la fatigue du voyage, cependant, il ne décela pas que ce sentiment chez Ambre. Le stress et la peur que devait lui affliger Cameron quotidiennement se reflétèrent dans ses prunelles. Le spectre de Cameron sera encore omniprésent longtemps. C'était à lui, Mathias, de redonner confiance à Ambre, de lui apporter le maximum d'aide pour qu'elle s'intègre à sa famille et à sa nouvelle vie. Pourtant, il se douta que la situation ne serait pas aussi simple. Il songea à nouveau à la réaction froide d'Oaisara, son amie d'enfance, quand elle apprit l'arrivée d'Ambre au Safari-Lodge. Il l'aimait beaucoup, mais ce qui l'agaçait chez elle, c'était cet air de princesse qu'elle arborait souvent.

▪

Elle contrôla chaque table du petit-déjeuner, afin de voir si chaque élément était à sa place. Oaisara inspecta aussi les grandes baies vitrées du restaurant qui donnaient sur la savane. Elle sortit sur la terrasse qui dominait la brousse du Serengeti et aperçut un troupeau d'éléphants dans la brume de chaleur. La jeune femme se sentit fière d'appartenir à cette terre sauvage. Oaisara signifiait en africain impératrice épouse du "César". Avec ce prénom, elle pensait que son destin serait grand. Oaisara ne pouvait pas se permettre d'être n'importe qui. Elle considérait qu'elle était une très belle femme et elle avait raison. Oaisara possédait de longs cheveux crépus, noir ébène, des yeux marron clair en amande qu'elle soulignait d'un trait, des lèvres épaisses et bien dessinées teintées d'un gloss rose pâle, une peau noire parfaite sans aucun défaut. Oaisara se maquillait très peu car elle jugeait ne pas en avoir besoin. Sa beauté se suffisait à elle-même. Orgueilleuse et indomptable, elle avait quelque chose de félin dans sa façon d'être et de se déplacer. La jeune femme s'habillait la plupart du temps de manière très chic. A la mode occidentale ou africaine toujours dans les couleurs chaudes de son pays. Elle portait souvent des foulards africains sur la tête. Ses parents d'origine massaï travaillaient depuis plus de 20 ans pour la plantation de café des parents de Mathias. Son père était responsable d'équipe. Elle connaissait Mathias depuis sa plus tendre enfance et une grande complicité les unissait. Ils grandirent ensemble, jouèrent et rirent dans ce domaine. Oaisara aimait passionnément Mathias depuis l'aube des temps. Elle ne le lui avoua jamais, espérant qu'il fasse le premier pas. Quand il partit pour le Canada, elle souffrit cruellement de son absence et se consacra à ses études dans l'hôtellerie. Son but : ouvrir un restaurant de renommée ou - pourquoi pas - un grand hôtel de luxe à Zanzibar où les touristes se précipiteraient. Au fond d'elle-même, Mathias était son César, l'homme qui reviendrait la chercher, à l'épreuve du temps, pour l'épouser. Quand Mathias revint sur sa terre natale, l'amour enfoui dans un coffre à double tour ressortit comme au premier jour. Alors, quand il parla de cette femme, cette Canadienne, Oaisara sentit une menace. Intuitivement, elle sut que cette inconnue serait un danger pour son amour. Elle détesta la façon dont il la présenta. Il semblait l'admirer et ne regardait plus Oaisara avec cette intensité qu'elle adorait. Peut-être se trompait-elle, mais son instinct lui dicta que non. D'une façon ou d'une autre, si cette inconnue lui faisait de l'ombre, elle, la grande et belle Oaisara, reine de beauté, se chargerait de s'en débarrasser.

▪

Depuis leur décollage, dans le petit avion Cessna, Ambre n'eut de cesse que d'observer le paysage, nez collé à la vitre. Après avoir survolé une forêt dense et tropicale, tout à coup, apparut le cratère du Ngorongoro qui se trouve dans l'aire de conservation du même nom, inscrite au patrimoine mondial de l'UNESCO. Ambre laissa échapper un cri enthousiaste. Mathias pilota à basse altitude afin de lui faire découvrir la caldeira exceptionnelle dotée de pentes abruptes. Des sources dévalaient le long du cratère pour former un lac salé entouré de savane et d'une forêt d'acacias jaunes. Aux abords de l'eau, une multitude de flamants roses se dressaient fièrement sur leurs deux pattes. Un vrai sanctuaire qui abritait des milliers d'animaux sauvages. Ambre s'exclama à la vue des gazelles, zèbres, de troupeaux de buffles et de gnous. Elle aperçut des masses sombres dans une rivière et vit une colonie d'hippopotames affalés les uns contre les autres.

— Le cratère fait plus de 20 km de diamètre, 326 km^2 et 610 m de profondeur. Il est le deuxième plus grand cratère du monde. Il s'est créé lors de l'éruption du volcan, il y a plusieurs millions d'années. Les blocs de roche ont été projetés à plusieurs dizaines de kilomètres pour certains et ils forment les kopjes du Serengeti, les rochers du lion que tu verras, répondit Mathias face au regard interrogateur d'Ambre.

— C'est magnifique !

Au milieu de ce véritable éden, des nuages de poussière se dégagèrent de quelques 4X4 roulant sur des pistes. Les animaux semblèrent peu effarouchés de l'approche de ces véhicules, habitués à leurs présences. Ambre aperçut dans le relief, près des pentes abruptes, des bergers massaï, enfants et hommes avec leurs troupeaux de vaches. Sur les collines avoisinantes, un lion et deux lionnes se déplaçaient avec une carcasse de zèbre.

— Mais ils n'ont pas peur des fauves, les Massaï. Ils sont proches les uns des autres ?

— Non, les lions ne s'attaqueront pas aux Massai. Ils sentent le Massaï. Ils vivent ici et les côtoient. En revanche, ils se chargent du troupeau dès qu'ils le peuvent.

Mathias s'approcha et vola à basse altitude au-dessus de la forêt d'acacias.

— Il y a pas mal d'éléphants dans les marécages !

Ambre scruta parmi les fourrés et bocages. Elle fut reconnaissante envers Mathias lorsqu'il effectua un virage. Tout excitée, elle distingua la silhouette massive de deux pachydermes se déplaçant dans la végétation luxuriante. A son grand regret, le Cessna gagna de l'altitude et s'éloigna de la forêt.

— Tu en verras d'autres. Ce n'était qu'un petit échantillon de ce que tu peux voir dans le parc du Serengeti, affirma Mathias pour consoler Ambre devant son expression de petite fille désolée.

L'avion quitta l'air du Ngorongoro et vola au-dessus de plaines arides, de montagnes et savane. Enfin, ils survolèrent le Parc national du Serengeti. Ambre remarqua dans la brousse une harde de gnous. Mathias lui expliqua que la saison migratoire avait commencé en juin. Les herbivores quittaient les terres de Tanzanie pour remonter jusqu'au plaines vertes de la réserve nationale du Masaï Mara au sud-ouest du Kenya.

—De notre lodge, nous les voyons passer.

Après plus de deux heures de vol, Mathias désigna au loin l'Antelope Safari Lodge construit sur une petite colline, parmi de gros blocs de granit, les kopjes. L'architecture discrète du Lodge se mêlait avec harmonie au paysage. Situé dans la partie nord-ouest du Serengeti, près de la rivière Mbalageti, l'Antelope safari Lodge pouvait se fondre dans la brousse. Le lodge se composait à première vue d'une dizaine de tentes de luxe et le bâtiment principal d'une infrastructure en bois avec un toit de chaume. Plus bas, au pied de la colline, Ambre aperçut une plantation de café. Tout autour, la savane jaunie par le soleil. Des girafes galopèrent, majestueuses, avec leurs grandes pattes tandis que certaines tendirent leurs longs cous pour se restaurer de feuilles d'acacias. Elle remarqua un fauve qui grimpa à un arbre.

Mathias, inquiet, examina l'altimètre et le variomètre. Depuis quelques instants, le moteur du Cessna semblait perdre de la puissance et tout à coup, à son grand désarroi, il s'arrêta brutalement. Obnubilée par l'observation des animaux, Ambre ne capta pas le danger immédiatement. Elle pensa à un acte volontaire de Mathias. Mais ce silence, pesant, détourna son attention et elle comprit à l'air grave de Mathias, que quelque chose se produisait. Mathias garda son sang-froid et actionna à toute vitesse les procédures d'urgence. Il commença par maintenir la vitesse à 120 km/h, pour planer le plus longtemps possible, poussa à fond le robinet de carburant « on », puis le robinet sélecteur de carburant « both », et enfin l'interrupteur de la pompe à carburant auxiliaire « on ». Malgré toutes les manipulations de remise en route, le moteur resta muet, l'hélice s'arrêta définitivement.

Depuis le temps qu'il volait, comme tout pilote, Mathias s'était préparé à d'éventuels défaillances ou pannes de ce genre. Il vérifiait fréquemment son avion et avant chaque vol. Fort heureusement, le lodge n'était plus très loin, mais ses chances d'arriver jusqu'à sa piste d'atterrissage étaient faibles. Il resta calme et ne céda pas au stress, afin d'agir en toute lucidité pour un atterrissage catastrophe, sur un terrain improbable, parmi des animaux sauvages. Ambre blêmit. Tout se bouscula dans sa tête.

— Qu'est-ce qui se passe ? demanda Ambre, paniquée.

— Prépare-toi, Ambre, c'est une panne de moteur. On va atterrir en urgence. Redresse bien ton siège, dit Mathias de sa voix la plus sûre.

— Quoi ! s'exclama Ambre. Elle décida de faire confiance à Mathias. De toute façon, avait-elle le choix ? Voilà, elle s'était enfuie de chez elle et maintenant, on la punissait. Arrête de te sentir coupable. Tout cela n'est que du pur hasard, de la malchance, voilà tout, pensa-t-elle.

Mathias transmit un message de détresse « MAYDAY » au Safari Lodge de ses parents. Il communiqua leur position. Mathias ferma les arrivées d'essence pour éviter un incendie en cas de crash. L'avion perdit de l'altitude. La terre ferme s'approcha rapidement, beaucoup trop vite à son goût. Il évita un troupeau de gnous et de zèbre, mais aussi un véhicule tout terrain qui se trouvait sur son chemin. Il dévia sa trajectoire pour éviter un accident. Eux seuls suffisaient. Mathias déverrouilla les portes pour qu'ils ne restent pas coincés et freina énergiquement. L'avion se posa brutalement au sol. Mathias réussit à le stabiliser. Ambre s'accrocha, la mâchoire serrée. Tout se précipita. Un pneu éclata, l'avion dévia vers des arbres à saucisses et des acacias qui se situaient à proximité. Mathias braqua, mais une aile heurta un tronc et le Cessna pivota sur lui-même pour se fracasser sur un arbre à saucisses. Le choc fut rude, mais Mathias fit son possible pour ralentir leur course folle. Un fruit de 5 kg chuta et brisa les vitres avant. Les dégâts matériels ne furent pas sa priorité, il se préoccupa d'Ambre qui semblait un peu assommée sur le coup. Inquiet, il balaya ses cheveux blond miel qui cachaient son visage et caressa sa joue.

— Ambre, ça va ?

Ambre un peu étourdie par la secousse, le souffle coupé pendant quelques instants, entendit de très loin la voix de Mathias. Elle ouvrit les yeux. Soulagée, elle ne ressentait aucune douleur, à part un léger mal au cou.

— Oui tout va bien, murmura-t-elle rassurée que l'avion ait arrêté sa course.

— Désolé pour cette fin de voyage épique ! Je ne comprends pas ce qui s'est passé, dit Mathias qui testa la radio, hors service.

— L'important c'est que nous soyons en vie.

— Oh non ! ça ce n'est pas bon du tout.

Un lionceau grimpa sur la carlingue du Cessna.

— Oh mais il est trop mignon, dit Ambre attendrie qui voulut détacher sa ceinture et le toucher.

— A ta place Ambre, je ne ferais pas ça. La mère ne doit pas être bien loin. Va-t-en, dégage, retourne d'où tu viens, ordonna fermement Mathias au lionceau.

Il aperçut cinq lionnes perchées sur un acacia descendre soudainement de l'arbre. Elles s'approchèrent de l'avion et rodèrent autour. Une lionne rugit. Sans doute la mère qui appela sa progéniture. Le petit sauta de l'avion et rejoignit les lionnes. La vitre effondrée, les félins pouvaient aussi grimper, Ambre et Mathias seraient facilement leurs proies, leurs repas du jour. Lors de son atterrissage forcé, Mathias craignit d'affronter des lions. En pleine journée, en général les fauves, rassasiés, n'attaquaient que très rarement et surtout pas les humains. Excepté en cas de menace et si on les dérangeait sur leur territoire. Ambre sursauta à leur vue. Son sang se glaça. A peine un sursaut de tranquillité et déjà un autre danger à affronter.

— Mathias, qu'est-ce que l'on fait ? demanda Ambre,

effrayée.

— On reste calme. On n'a pas d'autre choix que de rester ici. Sortir et courir ne servirait à rien, cela réveillerait leurs instincts de chasseurs, et nous n'aurions le temps de ne rien faire. En général, nous ne sommes pas leurs proies idéales. Seulement là, elles se sentent menacées parce qu'il y a un petit. Elles ont peur. J'espère qu'elles vont repartir bien sagement, quand elles comprendront qu'il n'y a rien à craindre, dit Mathias qui chercha son fusil à l'arrière de l'avion, muni de balles pour endormir. Il refusait de tuer. Il s'équipait toujours d'une arme en cas d'attaque de prédateurs. Sauf aujourd'hui. Il ne l'a trouva pas. Tout cela ne présagea rien de bon. Que se passait-il depuis quelques minutes. Tous les mauvais scénarios se présentaient.

Au grand désarroi d'Ambre, la mère lionne bondit agilement sur le nez de l'avion, escortée d'une congénère. Elles firent face à Ambre. Les félins ouvrirent leurs mâchoires et montrèrent des crocs acérés. Leurs yeux jaunes la fixèrent intensément. Ambre n'avait jamais vu d'aussi près des félins.

— Mathias, héla Ambre, terrorisée de finir déchiquetée dans d'atroces souffrances.

Mathias se tourna vers la jeune femme et découvrit ce qu'il craignait : les lionnes.

— Ambre, je sais que ce que je vais te demander va te paraître impossible. Mais ne montre pas que tu as peur. Ne bouge pas, fixe-les dans les yeux. Respire calmement. Si possible parle-leur avec fermeté, sans crier, ordonna Mathias qui posa fermement sa paume sur l'épaule d'Ambre afin qu'elle sente sa présence.

Une lionne poussa un sinistre râle et s'approcha lentement. Malgré la peur, Ambre plongea son regard dans la prunelle perçante du félin et le défia. Ils ne firent plus qu'un. Le cœur d'Ambre s'emballa et elle crut l'entendre résonner dans sa tête. Chaque membre de son corps se contracta.

— Va-t-en. On ne veut aucun mal à ton petit, réussit-elle à articuler froidement. Elle ne se reconnut pas.

— Ambre, je t'ai dit de ne pas bouger, mais essaye de lever les bras lentement afin de paraître plus grande, conseilla Mathias.

Au même moment, un klaxon retentit suivi de plusieurs coups de feu. Les deux lionnes déguerpirent rapidement tout en rugissant méchamment, suivit des autres fauves, restés près du Cessna.

Ambre aperçut avec soulagement deux hommes armés, dont un homme très grand, aux tempes grisonnantes à l'air bienveillant. Il ouvrit la porte de l'avion.

—Tout va bien à l'intérieur. Mathias ? demanda-t-il inquiet.

— Oui tout va bien. Tu es arrivé au bon moment, répondit heureux Mathias, qui étreignit son père. Puis il se tourna vers Ambre et l'aida à s'extraire de l'avion. Ambre, soutenue par Mathias, descendit, les jambes flageolantes. Elle serra fortement la main de Mathias, ayant besoin de sa force comme du poids de scs mots, juste auparavant. Ils ne se lâchèrent pas.

— Merci, lui murmura-t-elle. Et à vous aussi monsieur…

—Asante. Je suis le père de Mathias, appelez-moi John et

vous êtes Ambre, je présume, dit-il. Karibu. Bienvenue en Tanzanie, bien que votre arrivée, ne se passe pas de la meilleure façon. Allez monter dans la Jeep, on fera plus ample connaissance au Lodge. Je préfère ne pas m'attarder ici.

Ils montèrent dans le véhicule et abandonnèrent l'avion dans son bien triste état. Le second homme, un Tanzanien, prit le volant, John à ses côtés. Mathias et Ambre s'installèrent à l'arrière. Mathias passa un bras autour des épaules d'Ambre qui se blottit contre lui. Elle se sentit bien et en sécurité contre son corps après toutes ces fortes émotions.

— Qu'est-ce qui s'est passé avec le Cessna ? demanda John, intrigué.

— Ça c'est encore quelque chose que j'aimerais bien comprendre. C'était une panne de moteur, mais pourtant j'avais tout inspecté. Ensuite ces femelles et ce petit. J'étais aussi convaincu d'avoir pris mon arme. A croire que le sort s'est acharné sur nous en quelques minutes.

Après une dizaine de minutes dans le bush, ils retrouvèrent une piste de sable. Non loin de là, une rivière nommée Mbalageti avait creusé son lit. Niché au milieu de rochers et d'arbres aux racines noueuses, des ficus Thonningii, l'Antelope Safari Lodge surgit sur une petite colline. A part, la plantation de café, aucune clôture ne protégeait le lodge des animaux. Ils franchirent l'entrée symbolisée par deux kopjes, les fameux blocs de granit provenant du volcan du Ngorongoro et portant l'inscription Karibu Antelope Safari Lodge. Ambre découvrit sur leur chemin, disséminées, des tentes de haut standing pourvues de toits de chaume et de petites terrasses abritées. Malgré le chic de ces logements, on se sentait l'âme d'un aventurier. Tout le confort résidait à l'intérieur avec salle de bains et toilette.

— L'électricité et l'eau chaude sont générées par des panneaux solaires et nous avons un système de collecte d'eau installé pendant la saison des pluies qui nous permet de nous ravitailler, expliqua Mathias.

Le bâtiment principal s'érigeait avec son toit de chaume, et son infrastructure en bois et pierre. Il ne disposait pas d'étage. Le restaurant, le salon en arc de cercle ainsi que le hall d'accueil ouverts sur toute la façade, offraient une immense vue sur les plaines et la rivière Mbalageti. Sur la terrasse, des canapés étaient installés pour profiter du paysage. Le tronc d'un acacia traversait le hall d'entrée. La décoration intérieure fut pensée massaï afin de s'immerger littéralement dans l'ambiance africaine. Lorsqu'ils entrèrent, deux femmes africaines les attendaient. La plus jeune, environ une vingtaine d'années, une crinière volumineuse et crépue, à l'allure espiègle sauta dans les bras de Mathias.

— Oh comme je suis contente de te voir, frérot. Tu m'as fait peur, voyou. Est-ce une façon de montrer notre beau pays à notre invitée ?

Aussitôt elle se tourna vers Ambre avec un grand sourire, les yeux pétillants de malice. Elle saisit ses mains et lui fit la bise sans retenue.

— Bonjour, je me présente, Aminali, ce qui veut dire fidèle et vrai. Je suis la sœur de Mathias et la plus intelligente de nous deux. Ravie de te connaître. Tu dois être Ambre. Tu es très jolie. Qu'est-ce que j'aimerais avoir tes cheveux blonds !

Ambre éclata de rire devant tant de fraîcheur et de spontanéité.

— Laisse-la respirer un peu, dit John sur un ton paternel, mais amusé.

— Oui, je pense qu'avec toutes ces émotions, Ambre préfère se reposer afin d'être apte à prendre ses fonctions lundi, affirma la seconde femme restée en retrait.

Très posée, de longs cheveux noirs plaqués en arrière, elle se dirigea avec beaucoup de distinction vers Ambre et se posta devant elle.

—Bonjour Ambre, je suis Adila, la mère de Mathias. Bienvenue parmi nous. Malgré ce petit raté en fin de parcours, j'espère que vous avez fait bon voyage ? demanda Adila qui considéra Ambre avec réserve.

— Oui très bien. Merci beaucoup. Je suis ravie de faire votre connaissance, répondit Ambre. En une fraction de seconde, Ambre connut l'ombre et la lumière.

Une fois les présentations effectuées, Mathias emmena Ambre à son logement. Mathias avait fait construire avant son départ pour le Canada, une petite villa au pied de la colline, également recouverte d'un toit de chaume et bâtie tout autour de kopjes. Un peu en marge du lodge. Il souhaitait être indépendant et ne pas être sous la coupe de ses parents. Le logement fut conçu de telle façon qu'il bénéficie d'une vue exceptionnelle sur la savane. Des portes coulissantes aux baies vitrées abritaient l'ensemble pour se protéger des animaux. Ambre tomba sous le charme. A l'entrée, sur le côté droit, un petit salon abrité, mais ouvert, composé d'un divan et d'une balançoire avec coussin pour siroter un verre en admirant le coucher de soleil. Pour la pièce principale, une partie salle à manger avec une table en bois d'acacia, un bar en roche de kopjes, un billard et un séjour avec canapé, le tout dans une atmosphère chaleureuse. Le plafond du séjour était en verre afin de voir le ciel. Le sol en revêtement bois et haut plafond avec poutre apparente. De l'autre côté de l'entrée, une toute petite piscine adossée au séjour, mais à l'extérieur pour uniquement se rafraîchir. Un petit havre de paix où l'on respirait Tanzanie et dépaysement. A chaque extrémité une chambre. Mathias présenta à Ambre la sienne qui ravit la jeune femme. Elle disposait d'un grand lit constitué de rondins, à baldaquin et muni d'une moustiquaire, au milieu de la pièce circulaire avec pour panorama également la savane en fond de tableau. On pouvait faire le tour du lit et rejoindre la salle de bains qui se situait derrière, attenante à la chambre. Elle était très longue et spacieuse. Mais aussi très originale avec deux vasques creusées et sculptées dans du bois, plus une douche à l'italienne dont le sol se composait de pierres. La robinetterie représentait une trompe d'éléphant. La salle de bains fut construite parmi les kopjes répartis dans la pièce. Ce qui donnait une touche insolite de plus à l'endroit. A l'autre bout, on pouvait atteindre l'autre chambre, celle de Mathias. C'était leur salle de bains commune. Mathias expliqua qu'il ne fallait pas gaspiller l'eau et que chaque matin, avant de prendre sa douche, l'eau froide qui coulerait au départ devrait être récupérée dans un seau afin de laver le sol ou utilisé par les femmes de ménage.

— Comme tu as pu le remarquer, il n'y a aucune clôture, ni de mur qui nous séparent de la savane et des animaux. A tous moments, tu peux avoir la surprise d'une bête sauvage qui se promène près du lodge. Alors, il y a des Massaï qui patrouillent armés tout autour. Nous demandons à tous nos vacanciers de porter un sifflet et de prévenir en sifflant lorsque le soir, ils veulent sortir de leur chambre afin d'être accompagnés pour rejoindre le restaurant ou l'accueil. C'est un moyen de protection contre l'attaque d'animaux. Je te recommande de porter toi aussi ce sifflet si tu te promènes le soir ou d'être prudente, conseilla Mathias qui glissa autour du cou d'Ambre un collier avec, à l'extrémité, un sifflet.

— Il y a déjà eu des accidents ? demanda Ambre.

— Non, mais la nuit, les bêtes s'approchent plus facilement. Comme les hyènes, que tu peux entendre rire, ou les fauves. Alors il faut être prudent.

— Je m'attends à tout, après ce que j'ai vécu tout à l'heure.

— C'est malheureusement exceptionnel. Je suis désolé de t'avoir fait vivre ça et aussi très fier de toi, car tu as su garder ton sang-froid, répondit Mathias qui l'enlaça tendrement.

Ambre se laissa aller et renferma ses bras autour de la taille de Mathias. A nouveau, elle ressentit un bien-être et un sentiment de sécurité. Elle posa sa tête contre son torse. Mathias éprouva beaucoup de tendresse et une sensation plus trouble. Il se détacha d'Ambre et se dirigea vers le séjour.

— Il faut que je comprenne ce qui s'est passé tout à l'heure. Je suis convaincu d'avoir pris mon arme et d'avoir bien vérifié le moteur de mon avion.

Ambre suivit Mathias qui ouvrit une armoire comportant deux fusils, dont celui qui fut censé être dans l'avion.

— Etrange ! murmura Mathias.

Son téléphone portable sonna, il répondit et débuta une conversation en kiswahili. Il raccrocha et dit à Ambre en saisissant une arme.

— Ambre, installe-toi dans ta chambre, prends tes marques dans la maison. Tu es ici chez toi maintenant. Je dois m'absenter car nous devons récupérer l'avion dans son état. Je suis de retour dans la soirée. Après je suis tout à toi, expliqua Mathias.

— A plus tard, fit Ambre.

Mathias quitta la maison et monta dans une Jeep avec quatre Tanzaniens venus le chercher. Ambre retourna dans sa chambre qu'elle admira une nouvelle fois, ainsi que la vue exceptionnelle sur la savane. Elle vida sa valise et rangea ses affaires sur les étagères. La jeune femme tomba sur son portable banni de sa nouvelle vie. Elle fut tentée d'allumer son téléphone afin de voir si elle avait des messages, mais elle combattit son envie. Entendre la fureur de Cameron la contrarierait et gâcherait son impression de tranquillité absolue. Pourtant des événements accidentels s'étaient enchaînés à la suite, mais Ambre ne regretta nullement son choix. La famille de

Mathias lui parut sympathique, surtout sa sœur très spontanée et vive, tout le contraire de sa mère plus froide et distante. Ambre ne fut pas inquiète, Mathias l'avait prévenue. Elle regarda au loin et vit deux girafes et un troupeau de zèbres. Tout à coup, elle se sentit observée et découvrit une belle jeune femme à la peau noire sur le seuil de sa chambre.

—Bonjour, bredouilla Ambre, surprise.

—Karibu. Vous êtes Ambre, je suppose. Moi c'est Oaisara, ce qui veut dire Impératrice, épouse du César, se présenta-t-elle hautaine.

—Euh oui, enchantée, et donc oui moi c'est Ambre. Pas de signification particulière, exprima Ambre, un peu déroutée et aussi amusée par cette attitude princière. Mauvais démarrage. Ambre comprit que rien ne serait simple avec elle. Apparemment, cette femme venait marquer son territoire.

— Vous êtes l'invitée de Mathias qui va travailler au lodge et si je comprends bien vous allez vivre chez lui, asséna Oaisara toujours avec froideur. Un léger rictus se dessina sur ses lèvres lorsque ses yeux se posèrent sur la valise vide.

— Oui, Mathias m'a proposé de venir travailler ici quelque temps et je suis ravie d'être parmi vous, dans ce cadre enchanteur, révéla Ambre avec un grand sourire pour estomper cet accueil glacial.

— Je suis une amie de Mathias. On se connaît depuis notre plus tendre enfance. Nous étions très complices et nous avons beaucoup de souvenirs en commun dans ce lodge. Des jeux insouciants comme se cacher la nuit pour observer les animaux, raconta-t-elle avec une pointe de nostalgie dans la voix.

Une expression douce apparut pour la première fois sur ses traits. Ses yeux noirs brillèrent. Ambre la trouva charismatique et d'une grande beauté.

— Oh, cela devait être chouette.

Ses traits se durcirent à nouveau.

— Vous avez quitté votre mari pour vivre la grande aventure avec Mathias ou c'est simplement pour le travail, le pays ? questionna Oaisara, inquisitrice et arrogante.

Mais pour qui se prend-elle ? songea Ambre qui commençait à être très agacée.

— Afin de prendre mes distances avec un mari violent et pour le travail. Mathias est un ami, c'est tout.

Un sourire triomphant illumina le visage d'Oaisara.

— Je vous dis cela car nous sommes toujours très proches, alors je n'aimerais pas perdre notre complicité, avoua Oaisara avec un air supérieur.

Nous y voilà ! pensa Ambre. La jalousie. Cette femme aimait-elle Mathias d'une amitié si forte ou par amour pour se sentir ainsi en danger ? Décidément, elle avait quitté un mari au caractère volcanique pour retrouver son double dominateur au féminin.

— Je retourne à mon travail. Je suis maître d'hôtel et suis, à ce titre, responsable d'une équipe. Mon devoir m'appelle. Je ne peux pas rester absente trop longtemps. A bientôt.

— A bientôt. Mais Oaisara, je ne suis pas venue ici pour

Mathias ou pour changer quoi que se soit entre Mathias et vous. Ma vie était devenue un enfer. J'essaye juste de m'en sortir, de prendre des distances. Ne me voyez pas comme une rivale ou une ennemie, la rassura Ambre avec douceur.

— D'accord, mais sachez que je ne vous aime pas, répliqua, mordante, Oaisara puis elle quitta la pièce.

Charmant personnage se dit Ambre. A l'avenir, elle fera en sorte de l'éviter au maximum. Mais pourquoi Oaisara craignait-elle Ambre alors que cette femme possédait la beauté, une haute estime d'elle-même, une belle carrière, un environnement fabuleux ? Une question familière pour Ambre car elle se l'était déjà posée pour Cameron. Est-ce le fait de tout avoir qui fait peur ? l'obsédante peur de tout perdre au point de devenir jaloux et cruel ? Apparemment, si elle réagissait ainsi, le point faible d'Oaisara était Mathias. Jamais Mathias ne lui avait parlé de son amie. Leurs sentiments ne devaient pas être réciproques et finalement Oaisara ne disposait pas de tout ce dont elle voulait. Elle était privée de l'amour. Alors que Cameron... Son attention se porta à nouveau sur son portable. Elle le sortit de sa valise et l'alluma. Il afficha quatre messages vocaux. Cette fois poussée par un désir malsain, elle écouta. La voix menaçante de Cameron résonna :

— Ambre, comment as-tu osé me quitter comme une sale petite voleuse ? Ah, tu as bien préparé ton coup, mais sans moi tu n'es rien. Tu crois que tu vas supporter de vivre ailleurs que dans notre belle maison ? J'ai tout construit pour toi. Je te retrouverai, cela prendra du temps mais regarde, profite bien de chaque instant sans moi parce que le jour où je serai là, ta douleur sera si grande que tu préféreras mourir.

Ambre déglutit, la peur blottie dans ses entrailles. Elle espéra qu'il ne la retrouverait jamais. Ambre effaça le message et passa au suivant. Le 9 juillet, le lendemain de son départ. Son directeur avait bien reçu sa lettre de démission et ne comprenait pas sa décision hâtive. Il aurait souhaité en parler de vive voix avec elle, regrettant le choix d'Ambre. Le troisième message, toujours le 9 juillet, émanait de sa collègue Chloé qui lui demandait si tout allait bien. Elle s'inquiétait. Cameron était passé à son travail et avait posé des questions comme elle l'avait imaginé. Quant au quatrième appel, il s'agissait de sa mère. Mathias l'avait aussi contactée. Tracassée par son comportement étrange et son interrogatoire pressant, sa maman souhaitait de ses nouvelles. Ambre téléphona aussitôt à ses parents pour les avertir de sa situation. Ils ne se voyaient pas fréquemment, mais s'appelaient toutes les semaines. Ses parents étaient partis vivre en Californie depuis cinq ans. Cameron menait son enquête à fond comme elle l'envisageait et ne lâcherait pas prise tant qu'il respirerait.

CHAPITRE 4

Après avoir téléphoné à ses parents et expliqué les raisons de sa fuite en Tanzanie, Ambre décida d'occuper son esprit. Au premier abord, elle désira se rafraîchir dans l'eau de la petite piscine, mais le fait de ne rien faire impliquerait de ressasser les paroles menaçantes de Cameron, de repenser à sa mère, préoccupée, qui lui avait dit qu'elle aurait dû venir vivre chez eux. Au lieu de cela, elle s'équipa de son appareil photo et se promena dans le jardin du lodge. Seule façon d'évacuer ses idées noires. Instinctivement, Ambre se dirigea vers la plantation de café. L'unique endroit clôturé du Safari Lodge. Ravie, elle y découvrit une dizaine d'hommes et de femmes, dont des Massaï en pleine récolte, parmi plusieurs allées d'arbustes de différentes tailles au feuillage gaufré et brillant. Quand elle s'approcha de plus près, Ambre aperçut des grappes de fruits accrochés aux tiges ressemblant fortement à des cerises de couleurs rouge, jaune et verte. Pour certains, elle y distingua des fleurs blanches. Le père de Mathias en pleine discussion avec un Tanzanien la remarqua et s'approcha d'elle.

— Vous êtes en pleine récolte. Est-ce que je peux prendre quelques photos et vous aider aussi ? demanda-t-elle.

John se tourna vers les cueilleurs et s'adressa à eux en kiswahili et en maa pour les Massaï.

— Oui vous pouvez prendre des photos. La bonne période pour la cueillette est entre juillet et décembre. On est en plein dedans. Vous vous y connaissez un peu en caféier ?

— Pas du tout. Ce serait avec plaisir d'en savoir plus, mais je ne voudrais pas vous ralentir.

— Vous êtes avec un des meilleurs guides de la plantation. Allez venez, je vais vous montrer comment faire. Ne vous inquiétez pas, il faut un début à tout et si le cœur y est, vous y arriverez très bien.

Ils pénétrèrent dans les allées. Il lui présenta le responsable d'équipe Julius, le père d'Oaisara qui lui sembla plus chaleureux que sa fille. Ambre en profita pour immortaliser ces hommes et femmes avec son appareil photo, cueillant avec dextérité les grains.

— Il faut cueillir les fruits un par un. Cette méthode s'appelle le picking. Seules les cerises mûres doivent être cueillies, c'est-à-dire les fruits rouges ou jaunes. C'est un travail long qui requiert de l'habileté. Il demande plusieurs passages, au moins 60 kg par jour, mais c'est la meilleure façon de procéder. Les branches primaires poussent horizontalement et sont opposées les unes aux autres le long du tronc de l'arbuste. Ce sont elles qui portent les fleurs et les fruits. Il faut faire attention, car si elles se cassent, elles ne se renouvellent pas, à l'inverse des branches secondaires. Les fleurs puis les fruits poussent à la base des feuilles, sur le bois de l'année.

— Mais ce ne serait pas plus simple avec une machine ?

— Oui il y a le stripping qui consiste à récolter tout en même temps, et donc on peut utiliser un vibreur que l'on fixe au tronc de l'arbre et fait tomber les fruits mûrs ou une machine équipée de brosses verticales qui tournent en sens inverse. C'est efficace, mais elle détériore les arbres puisque les fleurs et feuilles sont arrachées.

Et cette méthode donne de mauvais résultats parce que les fruits ne sont pas tous à maturité.

— Et que faites-vous de ce café ? Le gardez-vous pour le lodge ?

— Oui et nous le commercialisons à Arusha et Zanzibar, dans de nombreuses boutiques et dans l'aéroport.

Ambre, sur les conseils de John, commença à cueillir à son tour les fruits du caféier que l'on appelle des cerises. Elle huma les fleurs blanches du caféier qui dégageaient un délicieux parfum proche du jasmin. John lui expliqua que le fruit mûrit en 6 à 12 mois. De couleur verte, la cerise vire au jaune puis devient rouge à maturité. Elle apprit ainsi que le caféier est un arbuste qui peut atteindre 10 à 12 mètres de haut pour la variété robusta et 5 à 6 mètres de haut pour la variété arabica. La cerise renferme deux graines ovales, aplaties sur une face et séparées par un sillon. Le caféier produit environ 2,5 kilos de cerises par an. Après la récolte, le café doit être rapidement traité pour éviter de pourrir.

Les cueilleurs entonnèrent une chanson africaine qui résonna dans la plantation. Ambre, stimulée par ce chant, adopta un rythme plus dense. De temps en temps, elle saisissait un instant, une expression en photo. Elle réalisa la chance d'être parmi eux et dans ce lieu magique. Malgré les zones ombragées de la plantation, Ambre ressentit la chaleur prendre le dessus. Sa montre indiqua 16h.

Quand Ambre rentra de la récolte, harassée, elle s'empressa de s'asseoir sur la balançoire près de l'entrée. Elle ressentit des courbatures et des douleurs aux dos. Elle avait bien sollicité ses muscles peu habitués à la récolte. Mathias surgit du bar, un verre de thé glacé à la main, un grand sourire aux lèvres.

—Tu sembles fatiguée !

— Oui je viens de vivre ma première récolte. Ce fut un grand moment. Mais maintenant j'ai mal partout et surtout au dos. Et l'avion, vous avez réussi à le récupérer ?

Mathias s'avança et se posta derrière elle. Il plaça ses mains sur ses épaules et commença un massage au cou puis sur ses omoplates. Cela fit un bien fou à Ambre qui se laissa bercer.

— Oui ça n'a pas été facile, nous l'avons tiré avec une corde accrochée à notre Jeep. Maintenant, il repose dans un hangar, dit-il avec un soupir.

— Tu es bien nouée. Il prit un tabouret et continua à malaxer le long de sa colonne vertébrale.

Ambre gémit quand il appuya à certains endroits plus endoloris, mais elle apprécia le massage.

— Tu es doué. Cela m'a fait du bien, le remercia-t-elle quand il s'arrêta.

Mathias s'installa sur le canapé, Ambre se posa à côté de lui. La lueur du jour baissa sensiblement. Mathias regarda Ambre qui semblait épanouie malgré sa fatigue.

— Tu es en vacances, normalement. Tu ne commences que lundi. Tu n'étais pas obligée de faire ça. Tu as apprécié la récolte ?

— Oui j'ai adoré. C'était magique. Ton père a été un très bon professeur.

Mathias voulut en savoir plus.

— Maintenant tu connais ma famille et mon monde. J'espère que tu te plairas ici.

— Oui ton père est adorable, ta sœur très volubile et drôle et ta maman est plus réservée, mais tu m'avais prévenue. Je m'y plais déjà.

Mathias hocha la tête.

— Il lui faut du temps. Il faut gagner sa confiance, mais une fois qu'elle te connaîtra mieux, elle sera moins froide. Son prénom, Adila, signifie juste, équitable, alors elle saura faire la part des choses, le moment venu.

— En parlant de signification de prénom, j'ai également fait la connaissance d'un drôle de personnage. Elle est venue me voir, c'est Oaisara.

Mathias rit. Oui ce fut le terme exact. Un sacré personnage.

— Oaisara a une haute estime d'elle-même, mais elle est entière. Je la connais depuis l'enfance. Avec elle tu n'auras pas de faux-semblant. Elle est authentique. Que t'a-t-elle dit ? se méfia Mathias.

— Eh bien que vous étiez de grands amis, depuis l'enfance. C'est vrai qu'elle a du caractère, mais à ce que j'ai compris, elle t'aime beaucoup et c'est une magnifique femme, conclut Ambre d'un air coquin.

Mathias sourit à ce sous-entendu, mais il voulut éclaircir certaines vérités.

— C'est vrai qu'elle est très belle, mais elle a un foutu caractère. Je l'aime beaucoup, mais quand elle joue sa princesse, elle m'agace.

— Tu l'aimes beaucoup, pas plus que cela… ? parce que je crois que beaucoup ne sera pas suffisant pour elle, continua Ambre, plus sérieuse.

Mathias fronça les sourcils.

— Je la considère comme une très bonne amie. C'est toi qui penses qu'elle a de grands sentiments ou… qu'est-ce qu'elle t'a raconté ? demanda Mathias, inquiet.

— Elle a peur que ma venue change votre relation, votre complicité. Je l'ai rassurée, mais je pense qu'il s'agit pour elle d'autre chose qu'une amitié. Je le ressens. Et elle m'a avoué qu'elle ne m'aimait pas, finit-elle par dire.

Mathias se rappela l'attitude négative d'Oaisara quand il annonça l'arrivée d'Ambre. Oaisara aimait briller et était une femme possessive envers Mathias depuis fort longtemps. Pourquoi fut-il surpris alors ? Il devait clarifier la situation au plus vite avec Oaisara afin d'éviter toute ambiguïté.

— Elle exagère. Mais pourquoi je suis encore étonné ? Je vais lui parler et arranger ça. Ne t'inquiète pas, la rassura Mathias qui balaya affectueusement une mèche rebelle tombée sur la paupière d'Ambre.

Instinctivement, elle pencha sa joue contre sa paume de main qui la caressa. Ambrc sourit à Mathias. Ils se fixèrent intensément. Le temps sembla s'arrêter. Mathias plongea dans son regard et la trouva tout à coup sublime avec son chemisier blanc qui faisait ressortir sa peau dorée et l'éclat de ses yeux marron. Il ne comprit pas cette forte attirance soudaine alors qu'il la connaissait depuis fort longtemps et n'avait jamais ressenti ce sentiment auparavant. Ambre, de son côté, perturbée, se leva. Ce fut comme si elle découvrait cet homme pour la première fois. Qu'est-ce qu'il lui prit ? Hors de question de se laisser aller à une nouvelle romance ou une aventure, surtout avec un ami qu'elle adorait, pour tout gâcher après, si il y avait rupture. Elle devait retrouver une certaine stabilité, un équilibre intérieur. Elle venait à peine de quitter son mari. Pour le moment, Ambre devait trouver un sens à sa vie, seule.

— Demain, je te propose, si cela te dit de partir tôt, et je t'emmène faire un safari toute la journée, proposa Mathias d'un ton neutre, comme si rien ne s'était déroulé entre eux quelques instants auparavant.

Ambre exulta.

— Oh oui avec plaisir. Il ne faut surtout pas que j'oublie mon appareil photo.

— Effectivement, ce serait bien dommage, avec la faune que l'on peut trouver dans le Serengeti. Tu t'en voudrais. Surtout que c'est la période de migration. Ce soir, il y a un dîner autour du feu que nous proposons aux vacanciers. Veux-tu y participer ?

— Volontiers, répondit Ambre, enchantée.

A plus de six heures passées, le soleil déclina fortement et le ciel se teinta d'un voile jaune orangé. Une légère brume dansa dans la plaine parmi les acacias. Leurs silhouettes torturées s'accentuèrent parmi ce paysage sauvage. Des zèbres se profilèrent à l'horizon. Elle entendit leurs hennissements, proches du braiement de l'âne. Ambre effectua quelques clichés de son premier coucher de soleil dans le Serengeti.

Ayant transpiré, à cause de la chaleur lors de la récolte, Ambre prit une courte douche afin d'économiser l'eau. Puis Mathias et Ambre partirent dans la nuit profonde au restaurant du lodge. Mathias s'équipa de son fusil et d'une lampe à pétrole afin de suivre et de ne pas s'écarter du chemin très sombre, guère équipé de lumière pour ouvrir leur passage. Ambre, peu rassurée, se réconforta de la présence de Mathias. Elle comprit l'intérêt des Massaï autour du camp lorsqu'elle perçut des rugissements de fauves au loin et d'autres cris inconnus d'elle. A l'approche du bâtiment principal du lodge, elle huma une forte odeur de viande grillée qui lui donna l'eau à la bouche.

▪

Assise à une table dressée parmi les ficus aux racines noueuses et la végétation sauvage, Ambre regarda le feu crépiter dans la nuit, qui la réchauffa. La fraîcheur s'étant installée, Ambre supporta très bien son petit gilet et son pantalon en toile. Elle apprécia sa viande, de l'antilope grillée au barbecue, très tendre accompagnée de riz. L'ambiance, un peu feutrée au début, se détendit. Deux couples partageaient leurs impressions sur leurs safaris vécus dans la journée. La famille de Mathias se joignit à l'assemblée, et, réunis autour du feu, John, le père de Mathias et Aminali participèrent au débriefing et les interrogèrent. La discussion fut très animée, rythmée par les questions et les récits enthousiasmés des voyageurs. Mathias ainsi que John racontèrent également des histoires, des anecdotes lors de précédents safaris. Adila, la mère ainsi que Oaisara, écoutèrent avec attention, mais plus en retrait. La joie de vivre, d'Aminali, ponctuée de son rire, se diffusa sur le camp. Ambre aperçut des Massaï surveiller les alentours, armés d'un simple bâton ou d'un arc avec des flèches. Le restaurant situé à quelques mètres fut illuminé de bougies. L'écho des couverts résonna avec le son d'une douce musique africaine qui s'échappait de la salle. Ambre compta peu de touristes dans la salle. Ils semblaient peu nombreux proportionnellement au nombre de tentes. Ambre croisa le regard de Mathias assis sur un kopje. Ils se sourirent. Elle voulut le rejoindre, mais elle se ravisa lorsqu'elle vit Oaisara qui s'installait à côté de Mathias. La jeune femme subtilisa un peu de riz Pilau, au goût assez pimenté, dans l'assiette de Mathias. Ambre les observa à la dérobée. Au tout début, ils chahutèrent comme deux enfants, puis Mathias se décida à parler d'Ambre.

— Oaisara, il faut que je te parle de la conversation que tu as eue avec Ambre. Tu n'as aucune raison de mal l'accueillir. Tu ne peux pas lui dire que tu ne l'aimes pas sans la connaître. Elle est ici pour le travail et fuir son mari, c'est tout. Sa venue ne changera rien à notre relation. Je t'aime beaucoup, je te considère comme une sœur. Alors ne t'inquiète pas.

Oaisara blêmit. Elle reçut la dernière parole comme une gifle. Assommée, elle ne put s'empêcher de renchérir.

— Alors tant mieux, car nous sommes liés depuis l'enfance. Je ne voudrais pas que tu oublies. Mais comme une sœur ? moi je…..

Ne me trouves-tu pas magnifique, désirable ? Comme une sœur ! répéta-t-elle, offensée.

Surpris et dépassé par les événements, Mathias tenta de s'exprimer avec le plus de délicatesse possible. Il ne voulut pas blesser son amie davantage, mais le mal semblait avoir opéré.

— Oui tu es belle, même magnifique, et effectivement intelligente. Je t'adore. Mais je regrette infiniment. Je ne ressens pas d'attirance, mais une profonde amitié que je ne veux pas perdre. Oaisara, tu peux avoir tous les hommes à tes pieds, finit par dire Mathias.

— Et Ambre tu la considères aussi comme une sœur, pas d'attirance non plus ? demanda Oaisara qui se sentit insultée profondément.

— Oui, c'est une amie, rien de plus, dit Mathias, peu convaincu de sa réponse. Il repensa à cette sensation éprouvée plus tôt envers Ambre.

— Mouais, je peux avoir tous les hommes, sauf toi, lâcha Oaisara froidement puis elle s'éloigna et partit sans un regard, dans le domaine.

Ambre ne put entendre leur conversation, prise dans le tourbillon des safaris, mais elle remarqua un malaise qui s'installait au fur et à mesure, puis le départ d'Oaisara, assombrie. Les deux couples se levèrent, afin de rejoindre leur logement. Une longue journée les attendait. Ambre décida d'en faire autant, après avoir goûté à un ananas très sucré et bu un café parfumé de la plantation du lodge.

— Je te raccompagne, dit Mathias, toujours préoccupé par toutes ces révélations en une seule journée, le cerveau en ébullition.

Ils reprirent leur chemin obscur. Arrivés, à leur logement, Ambre posa la question.

— Tout va bien avec Oaisara ?

— Je ne sais pas. J'ai éclairci certaines vérités et tu avais raison : elle attendait de moi plus que de l'amitié. Avec le temps, elle comprendra, dit Mathias sur un ton grave, puis il ajouta plus enjoué : bon demain, lever à l'aube. On part à 7h30. Bonne nuit Ambre, fit Mathias, qui entra dans sa chambre.

— Oui bonne nuit Mathias, répondit Ambre, désolée que cette situation attristât Mathias.

▪

Ambre ferma tous les rideaux de sa chambre, ôta ses vêtements et se revêtit d'une nuisette. Elle vaporisa du produit anti-moustique dans toute la pièce et referma la moustiquaire autour de son lit. Ambre éteignit la lumière et songea à la chance d'être dans ce lieu unique en Tanzanie. Des images ressurgirent de sa première journée. Assez chaotique dans l'ensemble avec pour commencer un atterrissage forcé dans la savane et les lionnes. Elle s'endormit avec des récits de safaris dans la tête et l'espoir d'en voir autant le lendemain.

Un rire étrange et désagréable la réveilla tout à coup. Ses yeux s'ouvrirent sur la pénombre. La porte ouverte de sa chambre lui permit de distinguer le séjour. La lune refléta un léger halo blanchâtre dans la pièce. Le silence remplit l'espace. Elle s'assoupit à nouveau. Un cri résonna encore dans la nuit. Cette fois, Ambre, aux aguets, attendit que ce bruit se renouvelle. Elle s'assit et écouta. Rien, puis soudain, des cris de bêtes très singuliers, comme des ricanements, tantôt très proches, tantôt éloignés, accompagnés de feulements de lion. Ambre se leva et voulut voir, intriguée. Elle écarta les rideaux puis se dirigea dans le séjour et colla son front contre la vitre pour tenter de distinguer des animaux.

—Ambre ! murmura Mathias qui surgit de sa chambre en caleçon.

La jeune femme se tourna vers lui et le trouva très séduisant, torse nu.

— Il y a des lions et cette sorte de rire, ce sont des hyènes ?

Mathias approuva.

— Elles viennent de trouver à manger.

— C'est terrifiant, mais si fascinant d'entendre tous ces bruits la nuit, dit Ambre. J'aimerais tellement les voir.

Mathias, l'air malicieux, ouvrit une porte coulissante. L'air frais s'infiltra dans la pièce. Les bruits s'amplifièrent. Il prit la main d'Ambre et ils se glissèrent à l'extérieur. Ambre gloussa, effrayée, mais excitée par le goût de l'aventure. Elle frissonna. Mathias, amusé mais prudent, s'avança, puis il s'arrêta. A l'affût de tous les sons, ils se regardèrent, prêts à fuir. Légèrement vêtue, les seins d'Ambre pointèrent avec la fraîcheur de la nuit, de la peur et de l'intensité du regard de Mathias. Il s'en aperçut et son instinct primaire le rattrapa. Mathias effleura ses épaules dénudées avec sensualité, suivit les bretelles jusqu'à la naissance de son décolleté. Enfin, il caressa sa poitrine ferme sous le tissu satiné. Attirés l'un vers l'autre, ils en oublièrent le danger, leurs préjugés, leurs interdits. Tous leurs sens étaient en alerte. Poussés par un élan spontané, leurs bouches s'unirent et ils s'embrassèrent fougueusement. Emportée dans le tourbillon, Ambre s'abandonna dans ses bras, contre son torse. La chaleur et la douceur de sa peau noire déchaîna en elle une tempête de désir charnel. Il la souleva. Ambre enroula ses jambes autour de la taille de Mathias et glissa ses doigts le long de son dos musclé, puis sur son crâne chauve. Mathias la bascula doucement sur le canapé. Ils cessèrent leurs baisers sensuels et se regardèrent, fascinés par le regard de l'autre. Des rugissements de lion, ainsi que des rires d'hyènes redoublèrent de puissance dans le lointain. Mathias souleva la nuisette d'Ambre et posa ses lèvres sur son ventre qu'il parcourut de doux baisers. Il s'arrêta à nouveau, et admira le triangle blond miel qui s'offrait à lui. Mathias embrassa l'intérieur de ses cuisses. Il remonta jusqu'à l'entrecuisse et ouvrit avec sa langue, son sexe humide. Il savoura la femme qui se donna parmi les cris d'animaux. Ambre gémit, trembla de plaisir. Tout son corps se délecta de cette vague puissante et déferlante qui l'assaillit. Elle chavira, secouée de spasmes. Mathias interrompit ses attaques érotiques et ôta son caleçon. Il la pénétra avec vigueur et dans une jouissance infinie. Soudain, le hurlement étrange d'une hyène très proche et forte les surprit. Mathias se releva et aperçut les deux charognards, la gueule ouverte à proximité. Il bondit sur ses pieds et se précipita à l'intérieur, entraînant Ambre. Ils éclatèrent de rire sous l'effet de l'adrénaline et de la situation équivoque. Ambre observa les créatures hideuses et trapues qui ressemblaient au premier abord à des gros chiens. Elle qui voulut quelques instants auparavant voir cet animal, fut servi. Mais elle ne se doutait pas que cela arriverait dans de telles conditions. Une situation rocambolesque qui la ramena à un Mathias, nu et qui d'ailleurs, ne sembla nullement embarrassé, ni pudique. Il lui adressa un sourire espiègle. Ambre le trouva magnifique et élégant dans le plus simple appareil.

— Je comprendrais que tu veuilles tout arrêter. La situation est un peu compliquée et je ne t'en voudrais pas. Mais sache que moi j'ai adoré et je ne regrette rien, révéla Mathias.

— Je ne regrette pas non plus. Alors si on reprenait là où l'on s'est arrêté, avoua Ambre émoustillée.

La jeune femme décida de vivre l'instant présent et sans retenue. Elle enleva sa nuisette et s'approcha de Mathias avec sensualité. Ambre vit une lueur de désir qui brillait dans les prunelles sombres de Mathias. Elle ressentit une onde d'excitation se lotir dans son bas ventre et son sexe. Le regard de braise d'Ambre décupla la flamme en lui. Mathias saisit son visage et embrassa doucement sa bouche. Ambre répondit à ses baisers suaves et se délecta de ses lèvres épaisses. Il insinua délicieusement sa langue. Mathias la porta jusqu'à son lit et la posa délicatement. Leurs corps s'entremêlèrent dans un ballet incessant de caresses, d'étreintes passionnées. Elle fixa quelques instants Mathias dans les yeux et lut un plaisir sauvage. Ambre goûta à la peau noire et sucrée de son torse, puis elle glissa lentement son pénis dans sa bouche. Avant de se perdre dans la jouissance, Mathias lui murmura, à travers ses gémissements, d'arrêter et il reprit le contrôle. Ils s'enlacèrent amoureusement et le jeune homme la pénétra avec ardeur.

Le cœur d'Oaisara éclata en mille morceaux lorsque Mathias lui déclara être comme une sœur pour lui. Ce fut le chaos dans sa tête. Elle, la reine, la future impératrice qui incarnait la beauté et aimait Mathias à en mourir. Il la rejetait, la dépossédait de toute illusion, de tout projet avec lui. Oaisara ne crut pas un instant à la sincérité des propos de Mathias. Une simple amitié avec Ambre. Elle haïssait cette femme. Ambre volait son avenir, son amour, sa vie. Alors, quand ils partirent après le dîner, Oaisara les suivit afin de savoir, avoir la preuve d'une trahison. Seulement, rien ne se passa. Non, mensonge, trahison se répéta-t-elle. Elle ne méritait pas ce châtiment, condamnée à ne pas être désirée par le seul homme qu'elle voulait depuis son enfance.

Ambre se réveilla à l'aube dans le lit de Mathias. Ils s'étaient endormis dans les bras l'un de l'autre. Elle entendit l'eau de la douche ruisseler. Etait-ce l'Afrique ? mais depuis le premier jour où elle foula cette terre, des événements déroutants s'enchaînaient. Les émotions, les perceptions et les sens semblaient s'accentuer en Tanzanie et cela ne lui déplaisait pas. Elle songea de nouveau à cette nuit et ne regretta pas leurs ébats amoureux. Ambre sourit. Jamais elle n'avait éprouvé auparavant et n'aurait soupçonné avoir une telle attirance, un désir aussi brut et insatiable pour Mathias. La première étonnée de cet état. Elle qui l'avait toujours considéré comme un ami. Ambre ne souffrit d'aucune honte. Cependant, elle n'était pas prête pour une histoire sérieuse. Brimée et persécutée par Cameron, Ambre avait soif de liberté et se satisferait volontiers de vivre au jour le jour, sans contrainte, sans attache immédiate. Certes, Mathias était différent de Cameron, réfléchi et généreux. Seulement, pour comprendre ses erreurs, elle avait besoin d'avancer seule. Elle se leva et traversa le séjour. Elle ramassa sa nuisette, abandonnée dans la nuit, s'en revêtit et rejoignit sa chambre. Lorsqu'elle pensa à Cameron, l'angoisse ressurgit et des frissons lui picotèrent l'épiderme. Elle voulut aérer son lit et repoussa les draps. Ambre poussa un hurlement strident et recula, terrorisée. Deux serpents de couleur gris métallique et de deux mètres cinquante environ de long surgirent. Des pupilles bien rondes et froides. Un des reptiles sauta hors du lit et rampa vers elle. Instinctivement, Ambre courut prendre un fusil dans l'armoire du séjour. Mathias lui avait expliqué qu'ils étaient toujours chargés d'au moins deux balles, en cas de nécessité absolue. Lorsqu'elle se retourna, les deux serpents très réactifs et extrêmement rapides furent à quelques mètres d'Ambre. Ils l'avaient suivie. Ils émirent un sifflement terrifiant. Elle appuya sur la détente et abattit l'un des reptiles qui était sur le point de fondre sur Ambre. Le second se dressa, gonflant son cou, la gueule ouverte et menaçante. Il bondit sur Ambre qui cria, paniquée.

Alerté par les cris, Mathias se précipita hors de la salle de bains et brandit un fusil. Il tira avec adresse et sans hésitation. Sur le point de mordre Ambre, le reptile s'écroula flasque, la gueule ouverte laissant entrevoir de terribles crochets à venin.

— Je te présente le mamba noir, le serpent le plus rapide du monde, très réactif, agressif et dangereux pour l'homme. Son venin neurotoxique entraîne la mort par asphyxie, dit Mathias, qui donna un coup de pied aux reptiles morts.

— Oui merci pour ce cours et ces détails. Pour être rapides, ils sont rapides, déclara Ambre d'une voix tremblante.

Mathias vérifia la fermeture de chaque porte-fenêtre et ne constata aucun oubli.

— C'est étrange, nous avons bien fermé après nous cette nuit et tout semble ok. Alors d'où viennent-ils?

—De mon lit.

Mathias fronça des sourcils, inquiet, face à ces accidents à répétition. Il ramassa les cadavres des reptiles et les jeta dans un sac, afin d'être dégustés plus tard au restaurant. Les serpents avaient un goût de poulet.

— Ça va toi ? demanda Mathias qui attira par la taille Ambre, encore blême.

— Oui ça va mieux, mais pour un début de matinée, il y a mieux, dit-elle. Ambre se blottit contre la poitrine de Mathias habillé d'une chemise couleur kaki. Il sentait bon le parfum et l'odeur du savon. Mathias souleva le menton d'Ambre. Il plongea son regard intense et rassurant aux nuances marron noisette dans celui d'Ambre.

— Ambre, j'ai passé une magnifique nuit dans tes bras. Maintenant, je comprendrais que tu aies besoin de temps, de liberté. C'est un peu étrange ce qui s'est passé alors que nous sommes amis depuis longtemps. Je suis aussi quelqu'un de très indépendant, alors je ne veux pas t'étouffer. Mais sache, que si tu as besoin de moi, je serai toujours là, expliqua Mathias avec douceur.

Agréablement surprise, Ambre apprécia les mots employés et justes de Mathias. Il était vraiment l'ami parfait. Elle l'embrassa sur la bouche, puis révéla :

— Je t'adore Mathias et moi aussi j'ai aimé cette nuit. Mais avec ce qui s'est passé avec Cameron, j'ai besoin de me retrouver et aussi de temps, en effet. Alors j'aimerais que l'on y aille doucement, sans contrainte, sans promesse. J'espère qu'il n'y aura pas de malaise entre nous. Tu es mon meilleur ami, avant tout, avoua Ambre soulagée de se confier sans peur.

— Akuna matata, dit-il avec un grand sourire. Ne t'inquiète pas, je comprends tout à fait. C'est pour cela que je t'en ai parlé. En revanche, ce que je peux te promettre c'est une journée intense à la découverte de la faune du Serengeti. Je te conseille aussi de prendre du change, des pulls pour la soirée et ta trousse de toilette, car ce soir nous ne rentrons pas. Nous dormirons dans un camp, ajouta Mathias.

Ambre sauta de joie comme une petite fille. Mathias rit devant son enthousiasme. Après leur mise au point, Ambre fit sa toilette et profita ainsi de la douche originale en trompe d'éléphant, tandis que Mathias partit au restaurant préparer un panier de victuailles, afin de déjeuner dans la savane.

▪

Une fois leur petit-déjeuner terminé à base de pain et de fruits composés de banane et de mangue, ils partirent vers 7h30 en 4X4 à toit ouvrant en direction de la savane. Un ciel bleu pâle s'étira avec un soleil encore un peu timide. Ils empruntèrent une piste de terre. Ambre se régala dès le début de son safari avec les zèbres, puis avec une harde impressionnante de gnous qui traversa en file indienne leur chemin. Ils émettaient des sons particuliers entre le grognement et le coassement. Ils migraient vers le Kenya, quittant les plaines à la recherche de pâturages frais. Entre un et deux millions de gnous évoluaient en accordéon et parcouraient des kilomètres dans le sens des aiguilles d'une montre. Le cycle démarrait après la saison des pluies, qui cette année avait fini tard. Mathias fit le projet de partir vers la rivière Grumeti plus tard dans la journée, afin d'observer le passage périlleux des gnous. Ambre prit également en photo des gazelles de Thomson se nourrissant de baies, leur nourriture fétiche. Elle admira ces bovidés au pelage fauve, blanc sur le ventre et avec une bande noire oblique caractéristique sur le flanc. Impressionnée, Ambre vit des gazelles bondirent, pratiquant des sauts de 2 mètres. Mathias s'arrêta ensuite près de la rivière Mbalageti, entourée d'arbres parasols et de wild date palms, une espèce de palmier au feuillage très dense qui pousse près des fleuves et des sources d'eau. Ambre, fascinée découvrit le royaume d'hippopotames. Une vingtaine d'énormes bêtes semi-aquatiques dont la plupart allongés dans la rivière, avec pour certains, juste la tête qui dépasse. Affalés les uns contre les autres. Quelques hippopotames s'immergèrent un certain temps. Mathias lui révéla que les adultes réapparaissaient en surface toutes les 3 à 5 minutes pour respirer. Le processus de remontée et de respiration était automatique et même un hippopotame qui dort, remontera sans se réveiller. Un concert de grognements et de mugissements emplit l'air. Ambre attendit le moment propice pour décrocher une photo d'hippopotames ouvrant leurs mâchoires massives. Elle patienta longtemps avant que l'un de ces mammifères bâilla enfin, suivi d'un autre. Et quand le phénomène se produisit, la large gueule découvrit à l'intérieur des canines imposantes comparables à des défenses, mesurant environ 60 cm.

— Les hippopotames amphibies passent la journée dans l'eau afin de se protéger du soleil. Ils se nourrissent d'herbes et de graminées à proximité des berges.

Soudain deux hippopotames surgirent en courant de l'autre côté de la rive. Ambre s'étonna de leur vitesse malgré le poids des animaux. Mathias expliqua qu'ils pouvaient courir jusqu'à 40 km/h sur une petite distance. Ils rejoignirent leurs congénères dans la rivière.

— On bouge ? demanda Mathias à Ambre qui acquiesça.

Ils s'éloignèrent de la rivière et parcoururent quelques kilomètres dans la plaine à l'affût de la faune, mais aussi de la flore dont regorgeait le Serengeti. Ambre découvrit un paysage varié, entre collines, plaines et savane. Ils aperçurent des girafes à la démarche gracieuse sur la piste. L'une d'elles ignora leur véhicule situé à deux mètres d'elle et dévora, avec sa grande langue, des feuilles d'acacia, tout en évitant habilement les longues épines. Ils suivirent également un troupeau d'éléphants, accompagnés d'éléphanteaux, toujours en mouvement. Ils s'alimentèrent d'écorces et de feuilles d'arbres traînant sur leur passage. De vrais destructeurs d'arbres. A chaque découverte, Ambre se sentait une âme d'enfant. Emerveillée et excitée devant ces animaux sauvages.

Elle le fut encore plus, lorsqu'ils virent, dans un arbre, 5 lionnes perchées sur des branches. Affalées. Son cœur bondit lorsqu'elle découvrit un autre félin à la crinière impressionnante se redresser sur ses quatre pattes au pied de l'acacia. L'herbe, encore haute, avait caché le lion. Les lionnes allongées sur les branches se redressèrent également, sur le qui-vive. Mathias montra du doigt des impalas au loin. Les fauves repérèrent leurs proies et semblèrent attendre leur festin. Une vingtaine d'impalas avec de longues pattes fines et légères, un corps élancé brun rougeâtre sur le dos, beige sur les côtés, le ventre blanc, s'approchèrent de l'arbre à lions. Au milieu du troupeau, Ambre distingua le mâle parmi les femelles, par ses longues cornes en forme de S. La jeune femme était partagée entre plusieurs sentiments : celui de vivre une attaque de prédateurs, afin d'éprouver des sensations émotionnelles très fortes, mais à la seule condition d'un échec cuisant de la part du fauve.

— Les lions attaquent rarement en journée et un impala court trop vite pour eux.

Mais à peine finit-il sa phrase que deux lionnes dévalèrent le tronc. Une fois à terre, elles rampèrent à plat ventre sur plusieurs mètres se protégeant des hautes herbes, et épiant le bon moment pour sauter sur leur victime. Mathias fut surpris par leur ambition. Trop distrait par la vue des impalas, il aperçut soudain ce qui attirait les félins : une dizaine de zèbres qui apparurent sur un nouvel angle. Il comprit alors leur inspiration subite, les zèbres étant aussi rapides que les lionnes, donc plus faciles d'accès que les impalas. Cependant, les zèbres possédaient une excellente ouïe, une très bonne vue et un très bon odorat. Ils ne se laisseraient pas faire. Certains impalas commencèrent à réagir en effectuant des cabrioles dans des directions aléatoires. Les zèbres se mélangèrent aux impalas. Les félins toujours absorbés par les zèbres se tapirent encore plus et se placèrent à environ 30 mètres de leur victime. Quand tout à coup, les deux lionnes chargèrent un zèbre plus isolé que les autres et firent un bond de six mètres sur leur futur festin. Le zèbre s'enfuit, pourchassé de près par les félins. Il atteignit une vitesse de 40 km/h. Ambre poussa un cri, car elle remarqua un autre carnassier à l'allure musclée et taillé pour la course. Un pelage tacheté de noir. Un guépard. Celui-ci s'approcha patiemment des impalas et observa. Les impalas, alertés, coururent en zigzaguant et d'autres firent des bonds de trois mètres de hauteur et de onze mètres de longueur. Ambre fut sidérée par l'agilité et la rapidité des espèces. Elle assista impuissante à une chasse mortelle. Les deux lionnes réussirent à rattraper et encercler le pauvre zèbre. Elles tuèrent l'animal par une violente morsure à la nuque. De son côté, le guépard prit en chasse un impala femelle. Extrêmement rapide, le félin accéléra son allure sur une dizaine de secondes jusqu'à atteindre une vitesse exceptionnelle. Malgré les sauts et la course folle de l'impala, il arriva suffisamment près de sa proie et se servit de sa patte pourvue de grosses griffes solides, afin de lui faire un joli croc-en-jambe. L'impala femelle déséquilibré, tomba. Immobilisé par le choc de la chute, le guépard s'empressa de la plaquer au sol et enserra la gorge de sa victime. Ambre regretta d'avoir vu ces attaques. Elle était attristée. Les lois de la nature et du plus fort lui rappelèrent Cameron. Elle prit malgré tout des photos, les doigts crispés sur l'appareil. Après avoir achevé sa victime, le guépard, essoufflé, attendit quelques minutes, avant de manger sa proie. Aux aguets, prêt à défendre son menu vis-à-vis des autres prédateurs, capables de voler sa nourriture. Puis il arracha la chair tendre. Quant aux lionnes, elles commencèrent à s'attaquer à leur festin, mais lorsque le lion s'approcha, elles se résignèrent et cédèrent leur place. La hiérarchie du groupe s'appliqua instinctivement. Mathias et Ambre s'éloignèrent du lieu, laissant derrière eux le cycle de la vie animale. Des images en tête. Ils s'installèrent près de kopjes et sortirent le panier de victuailles préparé le matin. Mathias et Ambre pique-niquèrent dans leur 4X4, à l'ombre. Le soleil déversant sa chaleur sur la savane.

Après le déjeuner, Mathias et Ambre partirent au nord de la rivière Grumeti située au centre-nord du Serengeti. Ils longèrent une colonne incroyable de gnous et de zèbres traversant les prairies. Lorsqu'Ambre et Mathias arrivèrent, ils retrouvèrent un immense troupeau de gnous rassemblé et prêt à franchir la rivière Grumeti aux eaux marron. Une large rivière qui, au premier abord, semblait sans danger. Or, Ambre distingua quelques remous et ombres dans l'eau trouble. Elle comprit que la rivière était infestée de crocodiles, aux premières loges pour se nourrir. Après quelques hésitations, les gnous descendirent sur la rive aux abords glissants. Les herbivores amorcèrent au galop leur traversée périlleuse, en file indienne.

Condamnés à passer par cette rivière, lors des grandes migrations, afin de rejoindre le Kenya. Un passage court, mais crucial et cruel. Les plus fragiles des gnous partirent à la dérive, noyés à cause du fort courant et épuisés par le voyage. Ambre observa la rencontre fatale entre des crocodiles et des gnous. Submergés par le nombre de gnous, les crocodiles ne surent plus où donner de leurs crocs. Les crocodiles jaillirent de l'eau et capturèrent des gnous à l'aide de leurs puissantes mâchoires. Les victimes se débattirent, mais malgré leurs efforts, les crocodiles furent plus forts. L'impact d'une morsure pouvant atteindre 5000 livres de force. Lacérant par de brusques mouvements de la tête leurs proies, ne lâchant jamais prise, puis entraînant au fond les pauvres bêtes. Les quelques milliers de gnous survivant à ces attaques n'auront peut-être pas la même chance lors de la dernière traversée, la mortelle rivière Mara, autre point de ralliement avant d'arriver au Kenya. Ambre ne quitta plus son appareil photo. Elle mitrailla, se cachant derrière son écran, afin d'étourdir son âme sensible.

Ce fut une journée intense et riche en émotions. Mathias et Ambre regagnèrent, en fin d'après-midi, un camp permanent pour passer la nuit, près du lac Victoria. Deuxième plus grand lac tropical du monde qui s'étirait sur trois pays : la Tanzanie, le Kenya et l'Ouganda. Le lac abritait un écosystème très fragile qui se déclinait entre forêts luxuriantes et marais de papyrus où vivaient des milliers d'oiseaux. Il était aussi un lieu de passage de très nombreux oiseaux migrateurs. Ambre fut frappée par la myriade d'oiseaux aux diverses espèces et se laissa bercer par leur concerto. Elle s'exalta devant le tableau qui s'offrait à elle à perte de vue. Des dhows (boutres en arabe), petits bateaux à voiles, voguaient sur l'eau et, en arrière plan, le soleil déclinait, voilant le ciel de notes orangées. Le "ranger" du camp leur proposa d'embarquer sur un dhow et de pêcher avec les habitants d'un village sur pilotis situé à côté, la perche du Nil, un énorme poisson de la taille d'un homme. Enthousiastes, Mathias et Ambre, acceptèrent. Le poisson serait leur festin du soir à déguster autour d'un feu. Ambre adorait ce moment où le temps était suspendu dans une contrée perdue du monde. Cet instant rare qu'Ambre recherchait afin de se sentir plus vivante.

CHAPITRE 5

Depuis deux semaines, Ambre avait intégré ses fonctions à l'Antelope Safari Lodge. Son travail consistait à assurer l'accueil des vacanciers durant leur séjour, à fournir toutes informations nécessaires et répondre aux demandes, aux besoins des clients. Elle gérait le planning et quelques tâches de secrétariat. Elle s'occupait des commandes. Ambre ne fut pas trop désorientée, puisque c'était son métier au Canada. De plus, encadrée par Aminali, la sœur de Mathias qui l'assistait, Ambre s'accoutuma très vite. Les deux jeunes femmes devinrent rapidement très complices.

Son safari lui parut loin derrière elle. Ce fut une belle aventure humaine qui la marqua profondément. Le temps s'arrêta de nombreuses fois au cœur de la savane, parmi les animaux sauvages. Dès le début de la prise de son poste, Mathias s'absenta et partit à Arusha, chercher des touristes. Il en profita pour résoudre quelques problèmes administratifs. Mathias organisait également, en tant que guide, des safaris à travers le Parc national de Tarangire, le lac Manyara et le cratère de Ngorongoro. Dès qu'elle eut un peu de temps libre, pleine d'énergie et de passion, Ambre retourna à la plantation de café pour aider à la récolte. Elle aimait se fondre parmi les Tanzaniens et les Massaï. Le soir, Aminali lui enseignait le swahili. Ambre se révéla être une excellente élève. La jeune femme aimait les langues. Quant à Oaisara, elle ne lui adressait la parole que pour le travail. Elle n'obtint aucun sourire de sa part et ne lui offrit que des regards glaciaux.

Ambre finit de remplir un document et quitta l'accueil tard dans la soirée. Elle s'équipa d'une lampe torche, enfila son sifflet autour de son cou et partit sur le sentier sombre rejoindre la maison. Elle pensa à Mathias qui devait rentrer dans deux jours. Elle fut heureuse de le savoir de retour. L'absence de Mathias fut salutaire et permit à Ambre de prendre du recul. De ne pas se mettre de pression sur leur histoire. Ils ne se promirent rien, que des instants intenses, fortement érotiques. Ambre considéra l'amitié de Mathias comme plus importante. Cependant, sa présence lui manqua plus qu'elle ne l'aurait l'imaginé. Certains soirs, Cameron ressurgissait dans ses pensées, elle repensa à l'enfer qu'il lui avait fait vivre. Des angoisses la tenaillaient. Combien de fois Ambre imagina des scénarios sur Cameron revenant la chercher. Parfois, des cauchemars peuplaient ses nuits et elle aurait aimé se confier à son meilleur ami, se blottir dans ses bras.

Toujours sur son chemin obscur, Ambre entendit un bruit de branchages et se retourna.

— Il y a quelqu'un ?

Personne ne répondit, cependant elle perçut comme une présence. Elle fouilla avec sa lampe les alentours, mais ne distingua aucune forme humaine ou animale. Pourtant et curieusement, elle se sentit observée. Etait-ce un Massaï ? Non, il lui aurait répondu. Au loin un barrissement d'éléphant résonna dans la savane. Ambre accéléra sa marche et arriva stressée, chez Mathias. Lorsqu'elle pénétra dans sa chambre, le portable du Canada, émit un son, pour annoncer un message. Son sang ne fit qu'un tour. Elle vérifiait chaque jour si Cameron lui écrivait. Cameron ne proféra aucune autre menace. Elle s'approcha et attrapa, tremblante, son téléphone. Un message en attente de Cameron. Ambre lut, fébrile :

« Je t'ai retrouvée et je suis peut-être là à t'observer. Viendra le moment où…. »

Ambre perdit pied et regarda autour d'elle. Oppressée. La jeune femme mit quelques secondes avant de se ressaisir. Puis furieuse, elle prit un bâton de Massaï, suspendu au mur, et traversa l'ensemble des pièces en furie.

— Cameron, cria-t-elle.

Ambre s'attendit à le voir surgir de nulle part, mais elle ne constata aucune trace de son mari. Elle se retrouva au milieu du séjour, blême, les nerfs à vif. Du grand art à la Cameron, réfléchit Ambre. Il ne peut être ici, sinon, il serait déjà là à te forcer à revenir, sachant Mathias absent, et s'il surveille tes moindres faits et gestes, il profiterait de la situation, se convainquit Ambre.

— Ça ne marchera pas Cameron. Je ne tomberai pas dans ton jeu malsain, hurla-t-elle.

Et pourtant, il était encore le grand vainqueur, pensa Ambre. Regarde dans quel état tu es. Possédée par la peur et la colère en quelques minutes. Ambre se précipita et ferma tous les rideaux, en profitant de verrouiller tous les accès. Elle cogita sur la situation : était-ce le fruit du hasard ou prémédité, ce SMS qui arriva lorsqu'elle entra dans la pièce ? Cameron était un grand manipulateur. Il aimait la tourmenter, la rendre folle. Peut-être avait-il réussi à la localiser, attendant le moment opportun de lui tomber dessus. Mais avant, il pratiquait son jeu favori, la terrorisait mentalement. La gorge sèche, Ambre eut envie de boire. Elle se dirigea vers le réfrigérateur et sortit une bouteille d'eau. La jeune femme songea à retrouver Aminali. Il serait plus sage d'être entourée de monde. Ambre sentit anormalement une brise fraîche lui caressait la nuque et le dos. Elle se retourna et se glaça sur place. La jeune femme trouva une porte coulissante à demi ouverte. Ambre supposa que dans la hâte et la frayeur, elle avait omis de fermer celle-ci. Impossible. Pratiquement certaine d'avoir tout vérifié quelques minutes auparavant. Ambre sentit à nouveau cette présence. Ambre referma et souhaita s'emparer d'un fusil, envisageant de quitter ces lieux trop isolés. Elle trouva une armoire vide. Angoissée, ses pas la guidèrent vers sa chambre et elle s'arrêta sur le seuil. Pétrifiée. Une inscription au rouge à lèvres s'étala et dégoulina de tout son large sur une fenêtre. « Trop tard, je suis là ».

Epouvantée, elle s'aperçut que l'avertissement était plutôt écrit avec du sang. Du sang appartenant à la tête tranchée d'un singe, trônant maintenant sur ses draps blancs. Figée d'horreur, Ambre vit Cameron sortir de la salle de bains, ricaner. Elle retrouva ses esprits et décampa. Instinctivement, Ambre porta à ses lèvres le sifflet, pour faire le plus de bruit possible et avertir d'un danger. Aucun son ne sortit, et elle n'eut pas le temps d'en faire davantage. Aussitôt, Ambre fut enveloppée comme d'un linceul. Elle se débattit dans le noir le plus complet, limitée dans ses gestes. Puis tout à coup, violemment jetée à terre, elle perdit connaissance.

Ambre se réveilla, allongée sur le dos, les chevilles et les mains ligotées, les yeux ainsi que la bouche bandés. Elle tenta de défaire ses liens qui semblaient bien noués.

— Bonjour Ambre. Cela ne sert à rien de te débattre. C'est du temps perdu, dit Cameron.

Ambre essaya d'articuler quelques mots, mais n'obtint que des gémissements.

— Tu veux me dire quelque chose ? demanda, sournois, Cameron.

Ambre hocha la tête. Impuissante, sous l'emprise démoniaque de son mari.

— Jure que tu ne vas pas crier. Tu seras une gentille fille si je t'enlève le bandeau de la bouche ?

Ambre voulut dire oui, mais un son inaudible sortit, alors elle remua à nouveau le visage en signe d'acquiescement. Cameron ôta le bâillon qui commençait à lui limer la mâchoire.

— Cameron. Pourquoi tu fais ça ? On aurait pu parler tranquillement, nous sommes des êtres humains. Tu es devenu fou, réussit à dire Ambre, les lèvres et la langue déshydratées.

— Devenu fou, oui de douleur, lorsque j'ai lu ton mot qui me disait que tu me quittais. Imagine ce que j'ai pu ressentir, la trahison d'une femme qui se croit tout permis. Tu croyais que je ne ferais rien, que je te laisserais partir à tout jamais ? Alors je t'ai cherchée partout. Crois-moi, tu es douée. Tu n'as laissé aucune trace. Personne ne savait ou ne connaissait ton plan machiavélique. Enfin, je t'ai retrouvée et j'ai monté ce scénario diabolique, afin que tu ressentes de la peur, de l'angoisse. D'être attachée, aveugle, c'est ma façon de te montrer mon impuissance, quand tu es partie, comme une petite voleuse. C'est ma vengeance. Si tu avais vu ton expression ! c'était à mourir de rire. Tu le mérites, Ambre avec ce que tu m'as fait subir, raconta Cameron, calmement.

Ambre se demandait quel sort lui réservait son fou de mari. Depuis combien de temps, fut-elle inconsciente et où se trouvait-elle ? Apparemment sur un lit. Toi douée ? pas si sûr. Ambre savait qu'il la retrouverait, mais elle n'imaginait pas qu'il le ferait aussi vite.

— D'accord, nous sommes quittes. Mais c'était devenu impossible de vivre avec toi. Qu'est-ce qui t'es arrivé ? si j'en suis arrivée là, c'est qu'il y avait un problème. Maintenant, je comprends, nous sommes des gens raisonnables, alors que vas-tu faire ? s'appliqua-t-elle à dire avec douceur.

Cameron rit méchamment.

— Tu comprends. Oh bien sûr lorsque l'on n'a pas le choix et attaché, on comprend bien vite. Ce que je vais faire de toi ? c'est une bonne question.

Ambre sentit Cameron s'asseoir à côté d'elle. Il empoigna hargneusement une touffe de ses cheveux et les tira en arrière. Ambre serra les dents de douleur. Il lui susurra à l'oreille.

—Tout d'abord, j'ai pensé à te tuer, lentement dans d'atroces souffrances. Maintenant, je ne sais plus. Je crois que je vais te garder auprès de moi. Nous sommes mariés pour le meilleur comme pour le pire, hein, chérie ? finit-il par dire en appuyant violemment sa bouche contre la sienne. Puis il la relâcha.

La vie d'Ambre dépendait de ce psychopathe. Surtout, ne pas l'agacer davantage et gagner du temps. Ambre puisa dans toute son énergie, ses ressources pour garder espoir et trouver la solution miracle, afin de se sortir de ses griffes.

— Oui chéri, pour le meilleur comme pour le pire. S'il te plaît, enlève-moi ce bandeau. Je veux pouvoir te regarder, dit-elle.

Cameron retira le bandeau. Enfin, elle le vit, le teint cireux, avec ses yeux creusés par des cernes, remplis de démence. Cameron transpirait la névrose. Ambre eut presque pitié. Avait-il conscience de son état ? elle jeta un œil sur l'endroit où ils se trouvaient. Ambre, malheureusement, n'était plus dans sa chambre, mais dans une petite pièce à peine éclairée et très modeste. L'unique fenêtre était obstruée par une planche. Aucune notion de jour ou de nuit. Où l'avait-il séquestrée et pour combien de temps ? tant de questions la taraudaient.

— Où sommes-nous ?

— Grâce à une personne, j'ai trouvé ce petit havre de paix. C'est sûr ce n'est pas le grand luxe comme chez ton ami.

Ambre ne releva pas. Bouleversée, elle se dit que personne ne la retrouverait. Qui pouvait avoir aidé Cameron ?

— J'espère que tu n'as fait de mal à personne d'autre ?

— Non, c'est à toi que j'ai envie de faire du mal. Qui d'autre aurais-je envie de blesser, voyons ? Ah oui, Mathias, celui qui devait partir et que tu ne reverrais plus, selon tes dires. Sale menteuse ! rugit Cameron avec un vilain rictus.

— Ce n'était pas prémédité. Mathias a voulu m'aider. C'est à moi seule que tu dois en vouloir. Mais Cameron, sache que si tu me tues ou si tu tues Mathias, tu finiras ta vie en prison. Ce n'est pas ce que tu veux. Il y a mieux comme avenir. On avait une belle vie au Canada.

Cameron éclata d'un rire sardonique.

— Oui bien sûr. On avait une belle vie, c'est pour ça que tu es partie. On est bien ici aussi. Tu dois bien t'éclater et te foutre de ma gueule avec ton amant.

— Ce n'est pas mon amant, mais un ami sur qui j'ai pu compter, lança-t-elle, tout en réfléchissant à la personne qui aurait pu aider Cameron.

Cameron la fusilla du regard, attrapa avec violence le col d'Ambre, puis la relâcha aussitôt. Son poing heurta le matelas.

— Sale menteuse, cria-t-il.

— J'ai soif, Cameron.

On frappa à la porte. Cameron entrebâilla la porte sans laisser à Ambre la possibilité de voir l'autre personne qui chuchotait. Cameron et l'inconnu échangèrent quelques mots à voix basse. Cameron revint vers Ambre et lui remit le bâillon avant de sortir de la chambre. Ambre resta seule un certain temps. Elle essaya d'écouter des bribes de conversation. En vain. Ambre tenta de s'extraire de ses liens, mais sans succès. Les cordons lui cisaillèrent la peau et sa gorge sèche l'irrita. Elle entendit des pas qui se rapprochaient. La porte s'ouvrit et Cameron réapparut avec un verre à la main. Il enleva son chiffon de la bouche, la releva et porta la boisson à ses lèvres.

— Bois, ordonna-t-il.

Ambre se délecta du liquide à la couleur de l'eau, mais au goût sucré.

— Le jour va bientôt se lever. Nous allons partir et prendre un avion pour le Canada. Nous rentrons chez nous, commenta Cameron qui l'observait attentivement.

Ambre voulut répondre, mais aucune parole ne s'échappa de sa bouche. Elle sentit sa langue s'ankylosée. La jeune femme éprouva une sensation anormale. Que lui avait fait ingurgiter Cameron ? quelle était cette substance qui assoupissait sa rage, son désir de hurler au danger. Son esprit était en éveil, en état d'alerte, mais son corps ne répondait plus à ses envies de fuir. Elle n'arrivait pas à exprimer ses sentiments. Extrêmement détendue, elle n'avait plus aucune volonté. Cameron la détacha.

— Allez debout, commanda-t-il.

Ambre se leva avec une obéissance déconcertante. Cameron eut un sourire triomphal, carnassier. Il avait le pouvoir de canaliser son énergie. Il pouvait faire ce qu'il voulait d'elle, sans qu'elle rechigne, sans aucune révolte. Mais pendant combien de temps serait-elle soumise à la volonté de ce malade ?

— Mon allié de poids a concocté une petite drogue qui permet de contenter n'importe lesquels de mes ordres. Ah l'Afrique j'adore ! Ainsi, lorsque nous sortirons, tu ne seras pas tentée de hurler pour alerter tout le monde, et à l'aéroport, tu n'auras pas l'envie de te manifester, ni de te sauver. Tu n'as plus aucune volonté, juste consciente de ce qui t'arrive. Malheureusement, ce petit cocktail a une durée de vie limitée, finit-il par ajouter, avec un rire cruel.

— Allez, avance ! ordonna-t-il.

Ambre lutta intérieurement, mais son cerveau faisait l'inverse. Elle marcha jusqu'à la porte. Son monde s'écroulait et elle ne pouvait rien faire d'autre qu'accepter son sort.

— Rassure-toi, j'ai préparé ta valise et écrit une lettre, comme tu sais si bien le faire, pour avertir de ton départ. Finalement, tu as réfléchi et changé d'avis. Tu rentres, car ton mari et ta maison te manquent trop, commenta Cameron avec cynisme.

Cameron posa sa main sur sa nuque et la dirigea comme une marionnette à l'extérieur de la chambre. Ils atterrirent dans un petit salon au style très africain. Ambre remarqua une touche féminine dans la décoration. Une femme habitait dans cette maison et donc était son alliée de poids. Son regard s'attarda sur un kanga, posé sur une chaise, au ton ivoire et rouge. Il s'agissait d'une étoffe que les Tanzaniennes portent sur la tête. Les doutes d'Ambre s'envolèrent. Elle savait pertinemment, pour l'avoir déjà vue, que cette étoffe somptueuse et chic appartenait à la seule femme jalouse qui pouvait la détester au point de s'associer à son redoutable mari : Oaisara. Ambre se concentra et prit le foulard.

— Oaisara, articula difficilement et avec nonchalance Ambre qui, sans savoir pourquoi, gloussa.

Cameron s'arrêta et regarda avec mépris sa femme, puis l'étoffe. Oaisara surgit d'une pièce voisine, avec dédain, magnifique, dans une tunique couleur cacao.

— Qu'est-ce que tu fais ? invectiva Cameron à l'attention d'Oaisara.

Un sourire arrogant s'afficha sur ses lèvres.

— Quelle importance ? elle a compris. De toute façon, elle ne peut rien faire.

Oaisara s'avança puis arracha le kanga des mains d'Ambre. Elle poursuivit sur un ton mielleux.

— Je ne supporte pas un mari trompé et une femme volage, alors je suis compatissante, et j'ai appelé ton mari pour l'avertir que tu étais ici. Surtout ne reviens jamais sur mes terres et bon débarras, finit-elle par dire avec froideur.

Cameron prit un fusil et poussa Ambre dehors, où une Jeep les attendait avec un chauffeur tanzanien. La nuit semblait s'étioler. Ambre regarda autour d'elle. La cabane parut assez excentrée vis-à-vis des autres logements pour le personnel du lodge. Elle ne fut pas capable de crier au secours. Habitée par cette étrange apathie qui la dominait. Cameron l'aida à monter dans le véhicule. Bientôt, ils seraient partis et elle ne reverrait plus le lodge, ni Mathias. Tout le monde dormait et ne se doutait guère du drame qui se jouait, de la trahison d'Oaisara. Elle entendit des lions au loin rugir et aperçut un chacal traverser la route. Le chauffeur démarra le moteur, tandis que Cameron s'installait à côté d'elle. Désespérée, mais impuissante, Ambre vit leur véhicule s'éloigner. Au détour d'un figuier étrangleur et de kopjes, deux Jeeps surgirent et encerclèrent leur 4X4. Le chauffeur freina brutalement. Ambre reconnut Mathias et son père dans la seconde Jeep. Un grand soulagement l'immergea, mais elle ne put l'exprimer, toujours figée dans son inertie. Tout semblait perdu quelques instants auparavant. L'escalade vers la violence s'enchaîna brutalement. Cameron brandit son fusil. Mais au même moment, Mathias et son père pointèrent également leurs armes sur lui.

— Pas d'idiotie Cameron, baissez votre arme et tout ira bien. Laissez Ambre partir, ordonna Mathias.

— Pas question. Foutez-moi la paix et dégagez ! sinon, je la tue, hurla Cameron. Démarre ! commanda-t-il au chauffeur. Ambre sentit le canon du fusil sur sa tempe.

Le Tanzanien, effrayé de la situation qui dégénérait, s'enfuit à toutes jambes.

— Froussard ! marmonna Cameron qui le foudroya du regard.

Il prit sa place au volant. Décidemment, il ne pouvait compter sur personne. Cameron fit une marche arrière et démarra en trombe, se frayant un autre chemin, en direction de la rivière.

Une course-poursuite s'ensuivit. Mathias décida de le neutraliser autrement et le plus rapidement possible. Il s'arrêta et braqua son arme sur les roues du véhicule de Cameron. Mathias se concentra, ne voulant blesser personne et surtout pas Ambre. Il échoua, mais la deuxième fois, il tira juste. Le pneu creva, puis Mathias visa le second qui se dégonfla également. Cameron perdit le contrôle de son véhicule, mais au lieu de stopper net son moteur, il fonça droit sur la rivière. Cameron freina de toutes ses forces et la Jeep s'immobilisa enfin sur la rive en pente abrupte. Ambre espéra que la spirale infernale s'achèverait, mais elle vit une étincelle de folie briller dans le regard de son mari. Cameron comprit qu'il était au pied du mur, contraint d'agir au plus vite et d'en finir avec ces hommes qui le traquaient, de ce Mathias qui se mêlait de sa vie. Il s'occuperait plus tard de sa femme. Nerveux, il prit son fusil, se leva de son siège et tira sur Mathias. Ambre, se sentit démunie face à sa rage déterminée. De plus, elle s'aperçut qu'ils s'étaient invités sur le territoire des hippopotames. L'eau en était infestée. Les mammifères parurent agités et émirent des mugissements saccadés. Mathias évita de peu la balle. Tout à coup, un hippopotame sortit d'un fourré et chargea le véhicule de Cameron. La violence du choc fit basculer Cameron en arrière. Il perdit son arme qui tomba à terre. Ambre se heurta contre le fauteuil avant. Fou furieux, Cameron sortit du véhicule pour récupérer son fusil avec la ferme intention d'abattre l'animal, l'élément perturbateur et tout ce qu'il y avait autour.

— Cameron, non, ne descendez pas, il va vous tuer ! s'égosillèrent Mathias et John qui faisaient de grands gestes.

Après la collision, l'animal s'éloigna un peu, cependant fortement énervé, il ne renonça pas et cette fois se rua sur Cameron. Ambre assista avec horreur à l'attaque du mammifère. Cameron entendit les cris de Mathias et John. Paniqué, il vit l'hippopotame le charger à une vitesse phénoménale. Cameron déguerpit, mais il réalisa tardivement ce qui lui arrivait. Cameron se retrouva projeté dans la rivière, cerné par les eaux nauséabondes et les hippopotames. Il tenta de relever la tête hors de l'eau, abasourdi. Il eut juste le temps de voir des masses sombres qui s'approchèrent et une énorme gueule avec des incisives de 60 cm de long engloutir son visage. Pris au piège dans une énorme bouche visqueuse, à la terrible odeur de soufre, d'œufs pourris, Cameron se débattit comme un diable pour se dégager. Sa vie ne tenait plus qu'à un fil et il refusait de finir ainsi, broyé. Cameron éprouva une énorme pression ainsi qu'une douleur insupportable. Il sentit la mort le happer.

Oaisara, de son côté, aspirait à une certaine délivrance et était heureuse d'être débarrassée de cette diablesse aux cheveux de paille, Ambre. Quand Mathias reviendrait, son rôle serait de s'occuper de lui, d'être à ses côtés. Finalement, il s'apercevrait vite de son erreur et de l'importance d'Oaisara dans sa vie. Elle, l'impératrice, l'épouse de César. Son César serait Mathias et personne d'autre. Aucun individu ne devait se mettre en travers de son chemin. Lorsqu'Oaisara entendit des coups de feu, elle pressentit que quelque chose d'anormal se produisait. La porte d'entrée s'ouvrit violemment. Julius, son père apparut sur le seuil, le visage défiguré par la colère.

— Comment as-tu pu faire une chose pareille ?

Le sol se déroba sous les pieds d'Oaisara. Comment savait-il qu'elle était l'instigatrice de ce piège ? Que se passait-il dehors ?

— Qu'est-ce que tu veux dire ? trouva-t-elle la force de dire.

— Cameron, ici. C'est ton idée ? Mathias a des amis qui t'ont aperçue à Arusha en compagnie d'un homme. A la description, il a reconnu Cameron et a compris. Il est rentré précipitamment. Alors réponds, c'est ton idée ?

Oaisara se liquéfia. La situation avait pris des proportions démesurées.

— Oui c'est mon idée, mais Ambre est sa femme. Cameron était dévasté. Ils devaient se retrouver et moi j'aime Mathias. Tu comprends ? dit-elle d'une petite voix.

Aminali arriva en courant, affolée. Elle dévisagea Oaisara avec effroi, les larmes aux yeux.

— Te rends-tu compte de ce que tu viens de faire ? C'est affreux. Cameron est mort, tué par des hippopotames, hurla-t-elle, essoufflée.

Oaisara comprit que ses projets pour reconquérir Mathias étaient fortement compromis. Son entreprise de démolition retombait sur ses épaules. Mais elle ne se sentait pas responsable, pour autant, du sort de Cameron.

— Il ne faut pas tout me mettre sur le dos, lâcha-t-elle.

Son père la regarda avec mépris.

— Comment peux-tu dire cela, toi ma fille ? Tu n'as donc aucune pitié ? Tu es une honte pour la famille. Je ne veux plus te revoir ici. Fais tes valises !

Oaisara se demanda si elle avait bien entendu. En quelques instants, sa vie n'appartenait plus à ce lodge où elle avait passé son enfance. Oaisara était bannie et son père la rejetait. Tout cela à cause d'Ambre. Cette femme était la seule coupable de tout ce chamboulement. Et Cameron, quel imbécile, pas capable de survivre dans la savane. Deux étrangers qui détruisaient son avenir.

— Tu ne peux pas faire ça. Je suis ta fille. Je suis désolée pour Cameron, mais ce n'est pas ma faute s'il est mort. Je ne pouvais pas savoir ce qui se passerait. Ou veux-tu que j'aille ? Je n'ai que vous, se lamenta Oaisara.

Julius tourna les talons et, avant de sortir de la maison, lui intima froidement :

— Chez ta grand-mère au village massaï. Un retour aux sources te fera le plus grand bien. Les anciens te feront la morale et ta grand-mère prendra soin de te remettre les idées en place.

Oaisara le suivit à l'extérieur, choquée. Il ne pouvait pas la rejeter ainsi. A part la prison, c'était la pire punition qu'il lui infligeait. Elle se heurta à Mathias.

— Mathias, je suis heureuse de te voir. Je suis désolée pour cet incident, dit Oaisara qui se blottit contre Mathias.

— Un incident ! Tu plaisantes, j'espère ? Un homme vient d'être tué, tu as drogué Ambre, tu es complice d'enlèvement. Tu as été trop loin Oaisara, affirma Mathias qui la repoussa violemment et lui jeta au visage la lettre écrite par Cameron, trouvée chez Ambre.

Oaisara le fixa, hébétée.

— Mais je t'aime, je ne voulais pas te perdre. Tu es à moi depuis l'enfance, dit Oaisara, perdue.

Mathias la saisit par les épaules et la secoua, exaspéré.

— Oaisara réveille-toi. Je ne t'aime pas. Nous sommes amis c'est tout ! Rectification, nous étions amis, mais après ce que tu viens de faire, il est impossible pour moi de te pardonner. Certes ce n'est pas entièrement de ta faute si Cameron est mort, mais tu es coupable de l'avoir fait venir ici et du reste. Je pourrais appeler la police, mais tu vois, par respect pour tes parents et en souvenir de notre enfance, je préfère que tu partes. Tu ne peux plus rester ici. C'est terminé, s'emporta Mathias.

Oaisara, anéantie, s'écroula et s'agrippa aux genoux de Mathias, en larmes.

— Tu ne peux pas me faire ça, implora-t-elle.

Mathias la rejeta et recula, écœuré.

— C'est trop tard. Un peu de dignité Oaisara. Relève-toi. Arrête ton cinéma, ordonna Mathias qui s'éloigna.

Oaisara, à terre, se sentit, pour la première fois de sa vie, comme une petite chose ridicule. Elle vit quelques employés du lodge, alertés par le raffut sortir et observer la scène. Elle aperçut sa mère terrassée par la douleur, en pleurs dans les bras de son père. Bafouée dans son honneur, reniée, Oaisara se releva, solennelle. Orgueilleuse, elle les défia du regard, puis rentra dans sa maison afin de préparer ses valises.

— Régalez-vous du spectacle, bande de vautours. Vous allez vous souvenir de moi, dit-elle tout bas.

CHAPITRE 6

Adila, la mère de Mathias apporta à Ambre un bol de soupe composée de plantes médicinales provenant des plaines du Kilimandjaro. Depuis le décès de Cameron, Adila se chargeait de la santé d'Ambre. Ses origines massaï lui permettaient d'avoir de hautes connaissances sur les plantes susceptibles de dissoudre les effets néfastes de la drogue concoctée par Oaisara. Habituellement, Adila déposait le bol près du lit et se retirait sans un mot, laissant à sa fille Aminali, le soin de faire boire Ambre. Venue seule, cette fois, elle resta. Cinq jours après le drame, Ambre ressentit enfin les bienfaits des plantes. Pour la première fois, elle se redressa sur son lit sans aucune aide, ni effort surhumain pour ordonner à son corps et son esprit d'agir. Ambre but quelques gorgées, puis s'adressa sans difficultés à Adila, à qui elle voulut témoigner sa reconnaissance. En réalité, Ambre se sentait coupable de tout ce qui s'était passé. Sa présence avait déclenché folie et jalousie.

— Je voulais vous remercier pour tout ce que vous faites. Adila. Je suis vraiment désolée de ce qui est arrivé.

Adila l'observa impassible puis déclara.

— J'avoue que lorsque mon fils m'a parlé de vous, de votre arrivée, je n'étais pas convaincue que ce fût une bonne chose. Mon mari m'a persuadée du contraire. Je sentais que votre présence engendrerait une tempête. Une étrangère parmi nous n'était pas souhaitable. Puis, j'ai vu le travail que vous avez fourni et j'en ai été satisfaite. Mon fils semble vous aimer, mon mari et ma fille aussi ainsi que tous les employés qui vous estiment. Cependant, avec cette tragédie, je ne peux m'empêcher de me dire que, sans votre présence, rien de tel ne serait arrivé. Bien sûr, ce n'était pas une raison pour Oaisara d'agir comme elle l'a fait. Je ne suis pas certaine non plus, que de l'avoir chassée d'ici, reniée par ses parents, soit la meilleure chose. J'ai peur des conséquences et de l'avenir, confia Adila d'un air très grave.

— Quelles conséquences ? demanda Ambre intriguée.

— Vous avez tout à apprendre de l'Afrique. Ici, en Tanzanie, il existe la sorcellerie, la magie noire et je crains le pire pour vous, mais pour nous aussi. Pour tous, dit Adila d'une voix étrange.

— De la part d'Oaisara ? fit Ambre inquiète.

— Oui de la part d'Oaisara. C'est une femme capable de tout et surtout du pire. Vous l'avez bien vue. Je l'ai sentie depuis son enfance, déclara Adila, d'un air effrayé.

Ambre frissonna. La peur d'Adila était palpable.

— Que pouvons-nous faire pour l'éviter ?

— Il n'y a rien à faire, sauf attendre l'inévitable et prier pour que cela n'arrive jamais, fit Adila qui se leva.

Sur le seuil de la chambre, elle se retourna et ajouta froidement.

— Vous n'auriez jamais dû venir. La malédiction va tomber sur nous à cause de vous.

Après le départ d'Adila, Ambre se demanda quand cesserait le cauchemar. Après le terrible accident avec toutes ces images en tête, Cameron fut enterré sur les terres de Tanzanie, près du lodge. La famille proche vivant au Canada ne réclama pas le corps. Cameron s'étant fâché avec tous, personne ne voulut prendre en charge les frais de rapatriement, ni d'enterrement. Elle qui avait renoncé à se poser des questions, à se sentir coupable vis-à-vis de son aliéné de mari, voilà qu'Adila ajoutait à son désespoir. Ambre fut impressionnée par la cruauté d'Oaisara qui ne semblait aucunement affectée par la mort de Cameron, ni ressentir de remords. Alors les paroles d'Adila lui firent froid dans le dos. Vu l'état dans lequel elle se trouvait plongé par sa faute, Ambre se dit qu'elle avait tout à craindre. Elle sentit la mort rôder partout. Ambre décida de rejeter ses idées noires. Adila se trompait peut-être, amplifiant le mélodrame, afin de faire peur à Ambre. Ses origines massaï et ses croyances devaient la rendre un peu trop superstitieuse. Heureusement, Mathias, Aminali et leur père, John, ne semblèrent pas changer de comportement vis-à-vis d'elle. Quant à Mathias, il resta à ses côtés pour la soutenir. Pendant cette période noire, il fut son ange gardien.

Dans la soirée, Mathias rentra. Heureux de la voir debout, il la serra affectueusement dans ses bras et lui proposa de faire une balade nocturne dans la brousse, en Jeep avant le dîner. Elle accepta avec plaisir et se prépara. Plus tard, lorsqu'ils furent à l'extérieur, Ambre apprécia la douceur de l'air sur son visage et de se sentir libre de tout mouvement. Mathias l'aida à monter dans la Jeep et prit le volant. Ils s'éloignèrent du lodge et s'enfoncèrent dans le bush. La savane, dans la nuit profonde, illuminée uniquement par les phares du véhicule, offrait un côté mystique.

— Ce n'est pas seulement une promenade, je t'emmène dîner en tête-à-tête dans la savane, dit Mathias d'un air malicieux.

Il arrêta le véhicule. Mathias l'aida à descendre de la Jeep. Ils se faufilèrent, à l'aide d'une lampe frontale, vers un endroit éclairé de torches. Elle remarqua que la sécheresse avait brûlé l'herbe, encore haute à son arrivée en Tanzanie. Elle découvrit deux Tanzaniens une femme et un homme, grand sourire aux lèvres, devant des marmites réchauffées sur la braise. Une table dressée avec couverts et bougie sous verre les attendait. Mathias tira la chaise afin qu'elle s'asseye. Ambre fut touchée par cette délicate attention, cette galanterie. Elle regarda autour d'elle, impressionnée de dîner la nuit dans la savane où tous bruissements et ombres paraissaient inquiétants.

— Ne t'inquiète pas, il y a des Massaï qui montent la garde, au cas où des animaux s'approcheraient, dit Mathias, amusé.

— Alors je suis rassurée. J'apprécie ce petit tête-à-tête, avoua Ambre.

La serveuse s'approcha et apporta une soupe aux haricots et noix de coco.

— Je voulais te changer les idées et te faire une surprise, fit Mathias, le regard pétillant.

Ambre sourit, elle le trouva encore plus beau et énigmatique à la lueur de la bougie. Son charme la saisit. Ambre se régala avec la soupe à la saveur exceptionnelle. Elle s'imprégna de l'ambiance sauvage et romantique. Ambre entendit et distingua des Massaï rôder autour. Les révélations d'Adila refirent surface et elle ne put s'empêcher d'en parler à Mathias.

— Mathias, je suis désolée pour tout ce qui s'est passé. Je ne sais pas si c'était une bonne idée de venir en Tanzanie. Surtout que ta mère a peur des réactions d'Oaisara. Elle m'a parlé de magie noire et de malédiction.

Mathias cessa de manger et la regarda avec sérieux.

— Ne sois pas désolée. C'est moi qui t'ai proposé de venir. On ne pouvait pas prévoir une pareille folie. Certes j'étais persuadé qu'il essaierait de te retrouver, mais pas de te séquestrer. Je ne pensais pas non plus à une telle réaction de la part d'Oaisara. Maintenant, qu'elle soit ici ou ailleurs, malheureusement, je ne veux pas te mentir, je la sens capable de tout. Effectivement, il existe la sorcellerie, même si elle est interdite et punie. Beaucoup de femmes ont été tuées car elles ont étés accusées de sorcellerie, rien que pour avoir les yeux rouges. J'ose espérer qu'elle ne passera pas le cap. Normalement, elle est partie chez sa grand-mère qui aura un œil sur elle, ainsi que les anciens. J'espère qu'elle reviendra dans de meilleures dispositions, dit Mathias.

Les deux serveurs apportèrent le second plat, du nyama choma qui se composait de viande de chèvre marinée dans un mélange d'oignons, d'ail, de gingembre moulu, avec un peu de piment fort, et de jus de citron. Le tout accompagné d'ugali, une sorte de polenta à base de farine de maïs et de millet en boules. Ambre savoura son dîner. Tout à coup, les deux serveurs entonnèrent un air africain joyeux et entraînant. Ils effectuèrent une petite chorégraphie coquinc qui amusa fortement Ambre, mais aussi Mathias pourtant habitué à cette danse. Les deux Tanzaniens rirent d'eux-mêmes. Lorsqu'ils achevèrent leur chanson, Ambre applaudit. Mathias observa Ambre avec ses beaux yeux emplis de douceur, son visage hâlé et la trouva magnifique. Il ne regrettait pas sa venue en Tanzanie, bien que la tourmente frappât le lodge et surtout Ambre. Mathias aimait sa compagnie, son rire, son charisme. Il se demanda s'il n'existait que de l'amitié entre eux, une amitié approfondie, amoureuse. Si ce qui s'était passé entre eux était oublié. Non, se dit-il. Mathias éprouvait une grande attirance, mais aussi des sentiments plus forts que de l'affection. Il était amoureux. La situation semblait compliquée. Sa mère l'avait mis en garde et réprimandé. Elle n'appréciait pas Ambre. Intuitive et observatrice, Adila perçut ce qu'il pouvait ressentir pour elle. Mathias lui reprochait son manque de discernement. Elle pouvait comprendre, avec ses antécédents : elle s'était mariée avec son père, un blanc, un Mzungu, comme l'appelaient ici les Tanzaniens. Comment pouvait-elle lui adresser de tels reproches maintenant ? son père n'enclencha pas une telle déferlante de haine, de jalousie comme c'était le cas à l'encontre d'Ambre. Adila partit du village massaï pour travailler, gagner son indépendance. John ne vit que très rarement ses beaux-parents et donc n'eut guère à se confronter au problème racial, ou alors de très loin. De plus, les Tanzaniens le virent comme un messie qui leur offrait du travail. Mathias repensa à Oaisara. Il ressentit une grande peine. Pas de l'avoir chassée du lodge - car il n'aurait pas supporté sa présence avec tout le mal qu'elle avait fait - non, tout simplement, pour son comportement inacceptable, pour son manque de respect. Ils avaient grandi ensemble, partagé des rêves d'adultes durant leur enfance. Ils étaient les meilleurs amis du monde. Mathias lui faisait confiance et elle l'avait trahi. Jamais il n'aurait pensé qu'Oaisara puisse agir de la sorte, être aussi vile. Elle ne cachait pas ses ambitions professionnelles, prenait souvent des airs supérieurs. Pour Mathias, c'était une façade. Il ne décelait rien de méchant, d'obscur. Elle avait ses qualités et ses défauts comme tout être humain. Comment a-t-elle pu croire qu'il lui appartenait, au point de mettre en péril des vies ? Serait-elle capable de se servir de la magie noire contre Ambre ? il espéra que non, mais malheureusement ses faits et gestes le firent frémir. Il repensa à l'accident d'avion à leur arrivée, aux serpents dans la chambre d'Ambre et se demanda si, déjà, elle en était l'instigatrice. Mathias fut soulagé et moins inquiet de la savoir entre de bonnes mains au village massaï de ses ancêtres et sous la surveillance de sa grand-mère. Les anciens la remettraient vite dans le droit chemin, voulut-il se convaincre.

Après le dessert constitué d'ananas, Mathias et Ambre reprirent la Jeep en direction du lodge. La fraîcheur de l'air s'accrut abondamment. Ambre se protégea avec une couverture que lui prêta Mathias. C'était la pleine lune. La dame gonflée de rondeur, illuminait la savane. Au détour d'un fourré, une grande ombre d'au moins 4m 60 de haut surgit. Mathias freina pour observer la grâce d'une girafe femelle qui les regarda à son tour, avant de s'enfuir à grandes enjambées. Ambre, toujours admirative, rit comme une enfant. Elle ne se lassait pas de voir la faune. Mathias redémarra, mais à peine quelques mètres plus loin, un éléphanteau traversa, effrayé devant eux. Un éléphant d'une taille adulte, probablement la mère, déboula d'un talus et réalisa leur présence. L'instinct de protection se manifesta aussitôt par un barrissement impressionnant. Immédiatement l'animal s'imposa et les chargea dans l'intention de montrer son mécontentement. Mathias montra qu'il ne cédait pas en accélérant sur l'éléphant et catapulta un pétard sur le sol afin de l'éloigner. Le mammifère, vaincu par la peur, se poussa. Ambre, déroutée par la colère de l'éléphant, se retourna afin de voir si la femelle ne les poursuivait pas. A sa grande satisfaction, elle ne fut plus tentée de le faire. Ambre demeura bouche bée face à cette attaque si inattendue. Mathias éclata de rire devant son expression interdite. Apparemment, il était accoutumé à ce genre de fait et équipé en cas de situation d'urgence. Ils se frayèrent un chemin à travers le bush et arrivèrent à leur maison. Mathias aida Ambre à descendre du véhicule. Elle apprécia sa galanterie et son regard intense. Il ne lâcha pas sa main. Ambre n'en avait guère envie. Elle ressentit une certaine force en lui. Aussitôt entrés à l'intérieur, Ambre s'adressa à Mathias.

— J'ai adoré cette soirée. Je te remercie pour ce dîner. C'était exquis et magique, révéla-t-elle.

— C'est toi qui es exquise et magique. Je crois que je suis amoureux de toi, avoua-t-il spontanément.

Ses aveux ne furent pas réfléchis. A aucun moment, il n'avait songé à la façon de le lui dire et dans quelles circonstances. Maintenant, elle ne partageait peut-être pas les mêmes sentiments que lui, mais au moins, il serait fixé. Ambre, étonnée, ne ressentit aucune peur, ni indifférence. Au contraire, elle éprouva un plaisir immense. Une émotion intense la submergea. Les battements de son cœur s'affolèrent. Ambre s'attendrit devant un Mathias au regard envahi de doutes et qui semblait perplexe face à sa révélation. On aurait dit un petit garçon perdu. Ambre sourit. Elle s'approcha de lui et l'embrassa avec fougue.

— Moi aussi, je t'aime, murmura-t-elle entre deux baisers.

Mathias, enchanté et soulagé, la souleva. Il la porta jusqu'au billard. Ainsi à sa hauteur, Mathias la contempla. Yeux dans les yeux.

— Je suis si bien avec toi, tu me rends heureux. Je ne sais pas ce que l'avenir nous réserve, mais je serai toujours là pour toi, dit-il en glissant ses mains dans ses cheveux.

Ambre frissonna à son contact. Elle ferma les paupières. Mathias ôta le pull d'Ambre et découvrit avec surprise sa poitrine nue. Un désir ardent grandit en lui en contemplant ses seins impudiques, agressifs. Il soupira et enroula sa langue autour de ses tétons. Ambre se cambra, puis s'allongea sur le tissu vert, offerte à la volupté de sa bouche. Mathias la déshabilla délicatement, dévoilant chaque courbe parfaite de son corps et de ses jardins secrets. Il admira et caressa avec douceur sa source intarissable. Ambre frémit à ce prélude aux délices non interdits. Elle se releva et arracha les boutons-pression de la chemise de Mathias ainsi que son pantalon. Ambre se pelotonna contre le torse nu et glabre. Elle pressa sa poitrine contre sa peau douce et chaude. Leurs bouches et leurs langues fusionnèrent à nouveau. Mathias plaqua ses mains sur les hanches d'Ambre et la posséda. Ambre s'abandonna à cet homme. Tout en elle s'enflamma de bonheur et de jouissance. Enfin, après ces quelques semaines difficiles et sombres, l'avenir apportait de belles notes positives et lui donnait espoir, un espoir à deux.

▪

Une ombre se faufila hors d'une hutte composée de branchages et marcha à pas de loup dans la nuit. Elle traversa le boma (village) plongé dans le sommeil et rejoignit une petite case abandonnée, un peu en retrait. La silhouette jeta un coup d'œil circulaire afin de vérifier que personne ne l'avait suivie, puis pénétra dans la hutte. Tout le monde dormait. Normal, il était proche d'une heure du matin. Seule une personne à l'esprit obscur et rempli de vengeance ne pouvait trouver la quiétude. Elle ouvrit une boîte et saisit une figurine en terre cuite, une poupée confectionnée avec soin pour nuire à autrui.

« Ils ont cru me berner, j'ai écouté la parole des sages, des anciens me faire la morale. J'ai leur ai dit que j'avais eu tort, que j'avais perdu la raison et que je regrettais. Ils ne m'ont pas tout à fait crue. Ma grand-mère m'a surveillée pendant des jours et des jours. Alors je suis restée attentive, gentille afin de les endormir. J'ai bu de temps en temps leur remède pour petite fille docile. Il s'est passé deux mois depuis l'accident. Leur vigilance s'est envolée et ils ont appris à me faire confiance. Je donne des cours aux enfants du village, dans cette misérable école, fabriquée de branchages. Ils me croient guérie. Comme si j'étais malade. C'est vous qui êtes malades pour vivre ainsi. Maintenant, il est temps que je me réveille. Qu'est-ce qu'ils ont imaginé ? que j'allais vivre ainsi dans un petit village sans avenir, avec des coutumes et des traditions idiotes, des Massaï qui sont appelés à disparaître ? Ma vie vaut mieux que cela. Je suis Oaisara qui veut dire impératrice, épouse du césar. Mon destin est tout tracé, loin d'ici et de vous tous qui m'avez trahie. Je suis faite pour réussir et être admirée, adulée. Mais avant de partir, je vais prendre le temps de me venger, de leur rendre ce qu'ils m'ont volé. J'ai remarqué cette cabane abandonnée. La nuit, je me faufilerai et pourrai ainsi, en toute impunité, procéder à mes sortilèges, au vaudou. Ne t'inquiète pas Mathias, je ne m'attaquerai pas à toi directement, seulement aux personnes que tu aimes. La souffrance sera ton nouveau mode de vie, puisque tu m'as rejetée. Ensuite, je finirai par Ambre. Toi la femme par qui tout est arrivé. Vous pouvez trembler, votre tranquillité est menacée. Par quoi, par qui vais-je commencer ? Je sais ». Oaisara, inspirée, sourit. Elle nomma sa victime et formula ses intentions, ses incantations. La malédiction pouvait commencer.

▪

Ambre aida les hommes à plonger les cerises du café dans des bassins d'eau où elles gonflèrent toute la nuit, dans un dépulpeur. La machine retirait mécaniquement une grande partie de la pulpe. Pour éliminer les morceaux de pulpe qui sont restés accrochés à la parche - c'est-à-dire l'enveloppe de chaque graine de café - les grains étaient lavés dans un chemin d'eau qui servait également à trier les graines. Elles étaient enfin laissées dans des bacs de fermentation pendant un temps qui pouvait durer entre douze et trente-six heures. A l'issue de la fermentation, les grains de café étaient à nouveau abondamment lavés dans un courant d'eau. Les grains étant encore entourés de leur pellicule argentée et de leur parche, on les faisait sécher, soit une dizaine de jours au soleil, soit artificiellement dans des appareils de séchage pendant deux à quatre jours. Ici, au lodge, ils utilisaient des filets suspendus, permettant d'aérer les grains par le bas. Le café prenait alors une belle teinte jaune. La parche, sèche devait à son tour être enlevée. Il pouvait encore subir une opération de polissage avant d'être conditionné dans des sacs de 60 kg, pour la vente. Ambre et John sortirent de la grange où étaient entreposés le café ainsi que le dépulpeur et humèrent comme une odeur de pluie émanant de la terre. Une bouffée d'humidité qu'Ambre n'avait plus ressentie depuis le Canada. Le ciel se couvrit de nuages gris. Aussitôt quelques gouttes tombèrent. Une légère et brève ondée se déversa sur la savane brûlée par le soleil. La période de sècheresse semblait prendre fin laissant place en octobre à la saison des petites pluies. Julius apparut les traits tirés, contrarié. Il se précipita sur John, affolé.

— John, nous avons un énorme problème avec la plantation. Elle est attaquée par les scolytes et il y en a partout.

— Comment ça partout ? Après chaque récolte, c'est normal, il y a des scolytes et surtout après les premières pluies. Avec les pièges, les insectes vont être capturés et éliminés et tout rentrera dans l'ordre, dit John avec fermeté.

— Oui mais… c'est anormal cette fois-ci, bafouilla Julius.

John émit un grognement. Il poussa Julius et partit énervé à la plantation, suivi de Julius, confus. Ambre les rejoignit. Elle vit de nombreux insectes noirs volants posés sur les caféières et les baies. John et Julius inspectaient des petits récipients de capture, des diffuseurs de couleur rouge suspendus aux branches, contenant du produit. Grâce à sa conception adaptée à la biologie de l'insecte et à son puissant mélange attractif, le piège participait à la réduction des populations de scolytes dans les caféières. Cette fois, les pièges ne semblaient produire aucun effet sur les scolytes. Ambre fut étonnée de voir tant d'insectes absents la veille, aussi nombreux ce matin là. John fulmina contre Julius. Ambre ne l'avait jamais vu autant en colère après Julius. Normalement, il était important de réviser les pièges tous les quinze jours, l'entendit-elle proférer. C'était inconcevable. Ambre regarda les cerises et constata les dégâts en très peu de temps.

— Je t'assure, je ne comprends pas, j'ai vérifié à chaque fois moi-même que les pièges étaient en bon état de fonctionnement et qu'ils ne manquaient pas de produits, se défendit Julius, embêté.

John, énervé, parcourut les allées et vérifia les baies. Beaucoup d'insectes avaient colonisé les fruits en cours de maturation.

— La plantation est anéantie. Heureusement, nous avons sauvé deux récoltes, mais le reste est perdu pour cette année, dit John catastrophé.

— Je suis désolé, je ne comprends pas ce qui s'est passé, répéta et marmonna Julius, désarmé.

— Tu as été tout simplement incompétent, affirma John avec froideur.

Ambre fut gênée d'être le témoin de ces remarques affligeantes et peinée de voir Julius aussi désemparé par son étourderie. L'erreur était humaine, mais cette fois, elle avait des conséquences dévastatrices.

Tout à coup, Ambre vit John blêmir, un rictus de souffrance apparut sur son visage. Il se tint la poitrine puis le bras. Essoufflé, John chercha un appui, sur le point de fléchir. Ambre et Julius le soutinrent afin qu'il ne tombât pas.

— John, que vous arrive-t-il ? demanda Ambre qui remarqua des gouttes de sueur perler sur son visage.

— Une attaque cardiaque, susurra John dans un souffle de douleur.

▪

Ambre attendit à l'extérieur avec Julius le verdict du médecin. Venu d'Arusha en petit avion, le médecin se déplaçait souvent par les airs afin de pallier les urgences. Seul moyen rapide de soigner ses malades hors de la ville. Adila, Aminali et Mathias se trouvèrent dans la chambre de John en compagnie du médecin. Julius, le visage crispé, répétait sans cesse que c'était sa faute si John se trouvait dans cet état, ainsi que pour la plantation. Pourtant, il était certain d'avoir vérifié régulièrement le fonctionnement des diffuseurs. Le personnel du lodge, averti, vint petit à petit aux nouvelles et resta à proximité. Et Julius, racontait toujours son histoire, le mal-être s'amplifiant.

Après le malaise, Julius partit prévenir Mathias afin de chercher un médecin en ville. Restée seule avec John, Ambre l'avait vu sombrer, puis perdre connaissance. La jeune femme, avec l'énergie du désespoir, prodigua un massage cardiaque. Grâce à une formation de secourisme dont elle bénéficia au Canada, Ambre réussit à ranimer John. Lorsqu'il fut emmené dans sa chambre, John subit une nouvelle attaque. Cette fois, équipés d'un défibrillateur automatique, ils stabilisèrent son état. Après un long moment, enfin le médecin sortit accompagné de la famille.

— Vous avez fait de votre mieux, mais je crains, cette fois-ci, que son cœur ne supporte plus d'autres attaques. Il faut bien qu'il prenne son traitement que je lui ai prescrit et qu'il évite tout énervement et soucis. Je lui déconseille de travailler. Il doit se reposer, dit-il.

Le médecin se tourna vers Ambre et lui donna une forte poignée de main.

— Je vous félicite. On m'a dit que vous lui aviez fait un massage cardiaque. Grâce à ce premier geste, vous avez réussi à maintenir John en vie. Si le travail ne vous intéresse plus ici, je vous embauche. On manque d'infirmières, dit-il, le regard bienveillant.

Ambre sourit.

— J'y réfléchirai.

Le médecin prit le chemin où son petit avion avait atterri. Adila regarda froidement Ambre.

— Je vous remercie pour les soins que vous avez prodigués à John. Mais cela ne change rien, ce qui arrive est de votre faute. Le malheur vient de vous. La malédiction a frappé.

— Maman, arrête je t'en prie, riposta Mathias avec fermeté.

— Tu es aveuglé mon fils. La plantation, maintenant ton père. Il a fallu du temps, mais Oaisara est derrière tout cela. Elle nous a jeté sa magie noire. On est maudit. Tu verras. Elle ne doit pas rester ici. C'est la peste, cette femme, proféra Adila sur un ton plein de haine.

Ambre resta interdite. Elle ne s'attendait pas à être agressée de cette sorte. Elle sentit des regards inquisiteurs et des murmures à son encontre de la part des employés.

— La plantation, c'est une erreur de Julius. Ensuite, papa est fragile du cœur, on le sait. Tu ne peux pas accuser sans preuves, affirma Mathias. Puis il s'adressa aux employés avec autorité. Je vous remercie d'être restés pour prendre des nouvelles, mais tout va bien maintenant. Il me semble qu'il y a du travail, alors tous à vos postes !

Puis il se tourna vers sa mère.

— Ce n'est pas intelligent d'avoir parlé aussi fort devant nos employés. Ils vont paniquer pour rien maintenant, dit Mathias à voix basse.

— Pour rien ? Es-tu sûr ?

Aminali, silencieuse jusqu'à présent, s'adressa à sa mère.

— Maman, tu es cruelle, Julius n'a pas fait correctement son travail et papa a fait une crise cardiaque parce que la plantation l'a contrarié. De plus, cela ne sert à rien qu'elle parte. Si franchement Oaisara nous a jeté un sort et même si Ambre part, Oaisara s'en prendra à nous car on l'a chassée d'ici, affirma Aminali.

Adila haussa les épaules et rentra dans sa maison. Elle se retourna et ajouta :

— Oaisara est maligne. Elle sait comment s'y prendre. Tout vous paraît naturel, mais au contraire tout est sous contrôle. Plus tard, vous verrez. C'est de votre faute, accusa Adila en pointant du doigt Ambre, puis elle claqua la porte.

Aminali posa une main amicale sur le bras d'Ambre qui blêmit face à l'accusation.

— Ne t'inquiète pas. Ma mère se calmera quand elle verra qu'elle a tort. Cela lui passera.

Ambre espéra ardemment qu'Aminali eût raison et qu'aucune magie noire ne se profilerait à l'horizon.

▪

Ambre réceptionna le courrier déposé à l'accueil. Ses yeux s'attardèrent sur une enveloppe à son attention, avec le logo d'un magazine photos. Intriguée et impatiente, elle ouvrit. Deux semaines auparavant, Ambre avait envoyé quelques clichés pour participer à un concours photos organisé par le magazine Geo Life, consacré aux passionnés de voyages extrêmes, nature et animaliers. Ambre lut le courrier deux fois afin d'être sûre que tout soit réel. Une forte excitation la gagna. Enfin, un événement réjouissant ! L'agence expliquait qu'elle venait de remporter le concours, et que ses clichés exprimaient un fort potentiel, un très grand talent de photographe. Ils souhaitaient la rencontrer, afin de lui proposer un poste de photographe au sein de leur magazine qui se situait au Canada, à Montréal. Ambre, heureuse d'avoir gagné le concours, regarda le lot. Il s'agissait d'un appareil photo professionnel d'une valeur de 3000 euros. Fière, Ambre apprécia le fait qu'ils jugent ainsi son travail. Elle s'en réjouit pendant quelques instants et s'imagina travailler dans cette agence. Elle voyagerait beaucoup afin de prendre des images de paysages hors du commun et peu accessibles au commun des mortels. Cependant, elle refuserait l'offre. Il était inconcevable de quitter Mathias qu'elle aimait profondément. Une belle histoire les unissait, malgré beaucoup de remous autour d'eux. Mathias ne pouvait pas quitter son pays, ni le lodge. Il remplaçait son père, affaibli et diminué. Le reste de la récolte, ravagée à cause des scolytes, avaient semé un grand trouble dans l'exploitation et une perte économique importante. Elle voulait l'épauler, l'aider dans cette crise. Ce n'était pas le moment de partir, de flancher. Elle était plongée dans ses pensées quand Julius apparut devant elle, titubant, une bouteille à la main.

— Je suis sûr maintenant que ce n'est pas à cause de moi tout ça. J'ai souvent regardé et jamais… jamais. Le regard vague, il émit un son guttural.

Sa femme Tabora entra, se précipita vers lui. Julius la repoussa violemment. Elle tomba à terre.

— Julius ! Ambre contourna l'accueil et aida Tabora à se relever.

Julius porta la bouteille à sa bouche et but une gorgée.

— C’est de votre faute tout cela. Moi j’ai toujours fait correctement mon travail. Tout le monde dit que c’est ma fille qui est responsable de tout parce qu’elle ne vous aime pas. Mais pourquoi il ne vous arrive rien à vous ? Moi, on a pitié de moi, alors on ne me vire pas, mais je n'ai plus que la bouteille pour me consoler. On ne me fait plus confiance, même ma femme, elle n'a plus confiance en moi, bafouilla Julius qui s’essuya les lèvres du revers de la main.

— Julius. Je t’aime, mais te voir te mettre dans cet état, avoua sa femme, désappointée puis elle s’adressa à Ambre. Il s’est mis à boire depuis deux jours. Je ne sais plus quoi faire. Il s’en veut pour notre fille, pour la plantation.

Ambre eut de la peine pour Julius. Il ne supportait pas son erreur et pas davantage que sa fille ait agi de la sorte. Peut-être était-ce aussi un sort jeté de la part d’Oaisara à son père pour l’avoir chassée. Un cadeau empoisonné de sa fille chérie. Cette histoire de malédiction commençait à obséder Ambre également. Elle chassa de son esprit cette idée fixe. Ambre appela un Massaï afin d’aider Tabora à emmener Julius chez lui. Julius commença à hurler malédiction en pointant Ambre du doigt. Tabora, angoissée, lui conseilla de baisser d’un ton. Quelques membres du staff alertés par le raffut, ainsi que des estivants venus récupérer les clés de leurs chambres observèrent cette scène étrange. Ambre donna rapidement les clés et s’excusa de la gêne occasionnée auprès des vacanciers. Julius s’affala de tout son poids sur le Massaï de bonne carrure. Affolé, le Massaï s’empressa de faire sortir Julius. Ambre se sentit dévisagée par deux femmes de ménage qui semblaient comploter contre elle.

— Si vous avez des choses à dire, dites-le c'est le moment, houspilla Ambre.

Les deux femmes hésitèrent, puis l'une d'elle s'approcha et osa :

— Il y a des rumeurs qui disent que tout ce qui se passe serait de votre faute. La sorcellerie vaudou. On dit qu'Oaisara va s'en prendre à tout le monde à cause de vous, murmura-t-elle, en regardant partout d'un air effrayé, comme si Oaisara l'entendait et allait sortir de nulle part. Vous devriez partir, finit-elle par dire.

Lorsqu'Aminali apparut sur le seuil, le regard noir, plein de reproches, la femme de chambre décampa, entraînant sa collègue.

— Oui allez oust, déguerpissez au lieu de dire des âneries. Au travail.

Ambre, secouée, se demanda si ces femmes avaient raison. Le mal était fait et une rumeur grandissait. Elle devait être forte.

— Ça va Ambre ? Ne prends pas garde à ce qu'elle a dit.

Ambre soupira.

— Une rumeur court à mon sujet prétendant que tout ce qui se passe serait de ma faute. Je vais finir par le croire. La plantation, ton père et Julius qui s'est mis à boire maintenant. Julius aussi pense qu'un sort a été jeté à cause de moi.

Aminali secoua la tête.

— Julius peut croire ce qu'il veut. C'est plus facile pour lui de croire ça. C'est dans son intérêt. Il se déculpabilise ainsi de son erreur. Ils se calmeront tous petit à petit quand ils verront que ce n'était pas à cause de la magie noire. Les Tanzaniens et les Massaï sont superstitieux, alors laisse-les parler. Ça leur passera.

Ambre sourit. Elle ne fut pas convaincue de l'explication d'Aminali, mais elle la trouva adorable de la défendre ainsi, de la soutenir.

▪

Lorsqu'Ambre rentra à la villa, elle vit tout de suite que quelque chose d'anormal s'était produit. Elle découvrit sur une vitre, une inscription en lettres rouges, bien visible, en gros caractères. Une façon de pratiquer qui lui rappela fortement Cameron, le soir de son kidnapping. Décidément, ce moyen d'oppression était prisé ici. Elle lut la menace qui lui était destinée, avec une certaine souffrance.

« DEGAGE D'ICI MZUNGU. TU NOUS PORTES MALHEUR. VOLEUSE D'AMI. A CAUSE DE TOI, NOTRE VIE ET NOTRE TRAVAIL SONT EN PERIL. »

Ce n'était pas avec du sang de singe, cette fois-ci, mais avec de la terre rouge. Ambre supporta très mal l'accusation. Elle prit une éponge qu'elle imbiba d'eau et nettoya les écrits intimidants avec énergie, excédée.

— Ras-le-bol de tomber toujours sur des fêlés. C'est peut-être ce que je vais faire, ronchonna-t-elle en songeant à la proposition de travail au Canada.

Tout à coup, Ambre se demanda si son talent était réellement la cause de la proposition ou si c'était l'œuvre d'Oaisara qui était derrière cette offre alléchante. Lui avait-elle jeté un sort afin qu'elle parte loin du lodge, loin de Mathias ?

— Faire quoi ? demanda Mathias qui surgit de l'ombre. Il regarda ce qu'il restait de l'inscription.

Ambre se retourna, la rage au ventre.

— Partir. Ils veulent tous que je dégage parce qu'ils pensent qu'une malédiction est tombée à cause de moi. Oaisara aurait frappé. La plantation, ton père, Julius qui boit. Une rumeur court à mon sujet et cette menace... c'est lâche, ce n'est même pas signé. Alors vu que j'ai reçu une lettre de proposition d'emploi comme reporter photographe au Canada, je devrai y aller. Au moins, je ne dérangerai plus personne ici. Mais là encore je me demande si c'est bien réel, si Oaisara n'a pas fait son travail, m'a jeté un sort pour que je m'éloigne de toi. Je ne suis plus sûre de rien, dit-elle en colère.

Mathias, très calme, s'approcha d'elle. Il sentit également une lourde ambiance planer au-dessus du lodge, des regards pleins de reproches ou de doutes peser sur lui. Pour Mathias aussi, la journée fut difficile.

— Et tu crois que de partir ou s'énerver réglera la chose ? Si vraiment Oaisara est l'instigatrice de tout ça, rien ne changera. Il faut l'arrêter et stopper l'hémorragie. Tu as donc posé ta candidature pour un poste au Canada et tu ne m'en as pas parlé ? Magnifique !

Ambre secoua la tête, dépassée par les événements et l'ampleur que prenait la discussion. Une incompréhension s'installait entre eux. Aussitôt, elle lui présenta la lettre afin d'éliminer au plus vite ce malentendu. Mathias prit le courrier et lut :

— Je suis heureux pour toi. C'est vrai que tu mérites ce travail. Tu es douée. Tu veux partir ? demanda-t-il froidement.

— Non, j'ai dit ça par colère. Mais je ne veux pas te quitter. Je t'aime, avoua Ambre qui l'enlaça.

Elle sentit comme une certaine résistance, de l'agacement. Ambre recula et le regarda inquiète. Elle comprit qu'elle s'était peut-être emportée dans ses propos. Ambre culpabilisa, mais elle détesta ce détachement soudain de la part de Mathias.

— Je suis désolée. J'ai peut-être été un peu loin.

— Oui je préfère. Parce que si la moindre occasion, le moindre prétexte te donne envie de partir, tu n'en as pas fini. Les Tanzaniens sont superstitieux. Maintenant quand je vois ça, c'est inadmissible. Je vais leur parler. Mais toi, ne te déstabilise pas pour autant. Pour le moment, tout est cohérent. Rien ne dit qu'Oaisara est derrière tout ça, dit Mathias avec plus de douceur. Il saisit l'éponge.

— Va te reposer, je vais finir, ensuite je te rejoindrai, dit-il.

Ambre hésita puis rentra penaude à l'intérieur. Ils venaient de vivre leur première dispute. Ambre réfléchit. Mathias avait certes raison, elle ne pouvait pas capituler à la première embûche. C'était sans doute son genre de s'éclipser à la moindre difficulté, c'est ce qu'elle avait fait avec Cameron : fuir.

« Arrête tes reproches, de t'imputer des torts ». Ambre songea de nouveau à Mathias qu'elle trouva distant. Que se passait-il ? Oaisara encore elle. « Oh non, par pitié, ne te mets plus cette femme dans ton cerveau. Cela devient paranoïaque et, à la limite, obsessionnel. Tu ressembles aux Tanzaniens ou même à Cameron. Cesse de te poser autant de questions. Ressaisis-toi Ambre ».

▪

Les serveuses finirent de préparer la salle et le dressage des tables du restaurant. Aminali inspecta leur travail et leur donna quelques consignes. Comme chaque matin, une réunion avait eu lieu pour les instructions journalières données au personnel du restaurant. Le travail incombait à Oaisara, mais depuis son départ, Aminali la remplaçait. Elle jeta un coup d'œil circulaire au restaurant et s'attarda sur la vue panoramique, la savane. Un léger voile de brume dansait sur le paysage africain et apportait une certaine féerie. Aminali laissa échapper un soupir. La jeune femme avait dû rassurer le personnel et répondre aux questions des employés accablés par la rumeur qui s'amplifiait concernant la malédiction au lodge, de sortilèges lancés par Oaisara. Elle avait dû expliquer une fois encore qu'il ne s'agissait pas de magie noire. Certaines employées voulaient partir. Une journée laborieuse s'annonçait. Aminali devait parler à son frère pour qu'il rétablisse l'ordre une fois pour toute. L'agitation pouvait faire fuir également les touristes. Elle ne croyait pas aux envoûtements. Bien que sa grand-mère et sa mère lui aient raconté des histoires de sorcellerie. Elle ne l'avait jamais vécu que ce soit de près ou de loin. C'était la première fois qu'elle était confrontée à cette situation. Pour Aminali, tous les événements se suivaient de manière logique, il n'y avait aucune raison de suspecter la magie. Cependant, Aminali perçut une étrange sensation, un mauvais pressentiment. Elle entendit tout à coup de l'animation, un certain trouble entre les serveuses. Elle fut sur le point d'y mettre un terme, lorsqu'elle aperçut sur la vitre une mouche de la taille d'une abeille de couleur brun-gris, puis une deuxième. Elle se glaça d'effroi à la vue de mouches tsé-tsé. Aminali ressentit soudainement une piqûre au bras. Une douleur semblable à une aiguille chaude s'enfonçant dans la chair. La fautive : une mouche tsé-tsé qui s'envola très rapidement. Elle comprit l'émoi des serveuses. Une vingtaine d'insectes avaient pénétré dans le restaurant et s'excitaient sur les employées qui les chassaient à coup de serviettes et de torchons. Que se passait-il ? pourquoi autant de mouches et pourquoi si agressives ? Elles paraissaient animées par un seul but bien précis : attaquer. Aminali garda son sang-froid, elle repoussa d'autres mouches prêtes à fondre sur elle et ouvrit toutes les baies vitrées du restaurant. Elle sortit d'un coffre des draps en coton bleu roi, couleur attractive pour les mouches, qu'elle aspergea d'un insecticide ultra puissant pour attirer et piéger les glossines. Malgré la panique, Anaya, une des serveuses, l'aida à mettre le piège en place. Dans un bourdonnement impressionnant, les mouches tsé-tsé abandonnèrent leurs positions et foncèrent sur le piège. Aminali referma rapidement les fenêtres et regarda l'aspect de son bras. Elle espéra au plus profond d'elle-même que la mouche ne fût pas infectée par les parasites Trypanosoma, la maladie du sommeil. Malheureusement, une petite ulcération douloureuse se forma au niveau de la piqûre. La texture de sa peau changea et des taches rouges apparurent, accompagnées de démangeaisons. La serveuse Anaya poussa un petit cri et lui exprima un regard plein de compassion à la vue de l'éruption cutanée.

Apparemment, elle n'était pas la seule. Deux autres serveuses en pleurs furent piquées. Adila, Mathias, Ambre ainsi que du personnel surgirent, alertés par le désordre et les cris.

— Et après vous allez nous dire que nous ne sommes pas victimes de sorcellerie. On avait l'impression que ces mouches avaient une idée fixe : celle de nous attaquer, nous piquer, hurla une serveuse.

— S'il vous plaît, on se calme ! ordonna Mathias qui s'approcha de sa sœur, devenue blême.

Après ce qu'elle venait de vivre, Aminali ne pouvait plus fermer les yeux. La peur l'envahit, pour elle, il n'y avait plus de doute possible.

— Elle a raison. On avait l'impression qu'elles avaient pour mission de nous charger. Et j'ai été piquée, avoua Aminali d'une voix blanche à son frère.

Mathias examina avec inquiétude le bras d'Aminali. La lésion prenait rapidement de l'ampleur. Mathias étreignit affectueusement sa sœur. Il voulut la consoler, l'assurer que tout irait bien, mais tous les deux connaissaient l'issue de cette maladie. Les premiers symptômes apparaissaient habituellement trois jours après. Forte fièvre, maux de tête intenses et douleurs musculaires, éruption cutanée, puis problèmes neurologiques tels que les troubles du sommeil. Excès de fatiguc avec des moments d'assoupissement le jour et des insomnies la nuit. Puis des confusions et changements de comportements. Si la maladie n'était pas traitée, l'infection pouvait être mortelle. Une haine intense l'assaillit. Oaisara. Elle était donc derrière tout ça et il ne l'avait pas crue. Adila contempla tendrement ses enfants.

— Je vous avais prévenus. Vous ne m'avez pas écoutée. Et aujourd'hui, voilà où nous en sommes. Et tout ça par sa faute, asséna Adila, en désignant Ambre.

— Ça suffit ! Réunion dans cinq minutes ici avec tout le monde ! C'est un ordre ! exigea Mathias.

Il souhaitait stopper l'hémorragie déclenchée par Oaisara. Mathias devait rassembler son personnel afin de calmer l'animosité, le lynchage de la coupable idéale qu'était Ambre. Son rôle était de protéger le lodge ainsi que tous les hommes, les femmes qui y travaillaient. Seul un sorcier guérisseur d'un village massaï pouvait conjurer les sorts. Quant à Oaisara qui avait distillé son poison, usé de stratégies subtiles afin de ne pas dévoiler ouvertement son jeu, il s'en occuperait personnellement. Il fut aveuglé un certain temps, maintenant qu'il avait retrouvé ses facultés, Mathias se chargerait de cette femme.

CHAPITRE 7

Le discours eut son effet. Mathias trouva les mots justes, les arguments auprès de son personnel pour cesser les hostilités. Cependant le mal était fait. Oaisara sema le trouble, la discorde au sein du lodge. Elle infligea une mauvaise réputation à Ambre ainsi qu'au lodge. Des échos sur les mouches tsé-tsé et la malédiction firent partir quelques touristes plus tôt que prévu. Quelques membres du personnel préférèrent également quitter le lodge. Mathias se demanda si Oaisara avait jeté un sort d'impopularité à Ambre ou si ce furent les conséquences, les effets notoires de la magie noire qui lui attribuèrent ce statut. En conclusion, le résultat fut le même : la sorcellerie était responsable de tous leurs déboires, leur malheur. Mathias reconnut une forte intelligence dans la vengeance d'Oaisara et il se sentit responsable de tout ce qui se passait. Mathias aimait Ambre, mais la faire venir en Tanzanie fut finalement la pire décision de sa vie. Leur entourage payait le prix fort pour leur histoire d'amitié puis d'amour. Mathias se le reprocha.

Quand Mathias se présenta au village massaï d'Oaisara, sa grand-mère lui annonça que sa petite fille avait disparu depuis la veille. Mathias ne perdit pas espoir. Si Oaisara se trouvait toujours sur le territoire tanzanien, il la retrouverait grâce à ses relations. Et même si elle s'échappait à travers le monde, cela lui demanderait une vie entière peut-être, mais il n'abandonnerait jamais. Mathias se le promit.

Oaisara enfouit ses pieds dans le sable blanc et contempla l'eau bleu turquoise de l'archipel de Zanzibar. Elle sourit fièrement.

Une image digne d'une carte postale. Au village massaï, grâce à la vente aux touristes de bijoux et souvenirs confectionnés par ses soins et les femmes du village, Oaisara récolta assez d'argent pour s'offrir le transport jusqu'à Zanzibar. Pour le reste, ce fut très simple : lors d'un séjour au lodge, le responsable d'un hôtel de Zanzibar avait été séduit par la beauté et le charme d'Oaisara. Il lui fit une cour assidue et lui proposa de repartir avec lui travailler au sein de son établissement. Oaisara refusa, mais garda le contact. Elle pouvait en avoir besoin. Et ce moment arriva. Oaisara, privée de tous ses biens, lui téléphona secrètement d'un portable emprunté et proposa ses services en qualité de serveuse. Toujours subjugué par la jeune femme, il ne sut pas dire non. Ici 98 % de la population se trouvaient être musulmans. Oaisara se prêta au jeu de se couvrir la tête à l'extérieur. Au contraire, cette obligation ne lui déplut aucunement, son intérêt étant d'être la plus discrète possible. Elle savait que Mathias ne lâcherait rien et que sa colère serait immense, après ce qu'elle avait fait subir aux siens. Elle ne s'avoua pas encore rassasiée, ni envahie de honte et de remords. Le vaudou lui plaisait, l'extasiait. Oaisara sortit de sa poche une mèche de cheveux d'Ambre.

« J'ai la rancune tenace. Je t'ai infligé beaucoup de problèmes, mais pour moi ce n'est pas suffisant. Je me nourris de vengeance et j'ai soif de vaincre. Ton erreur est d'exister. Quant à toi, Mathias, bien que je te connaisse parfaitement, l'amour a des limites. Sauras-tu supporter tout ce qui t'arrive ? Finalement, c'est ta faute, si elle est ici. Peut-être que je n'ai pas besoin de ça ». Oaisara ricana en caressant le crin blond miel entre ses doigts.

▪

Aminali s'allongea sur son lit. Deux jours s'écoulèrent après l'attaque des mouches tsé-tsé et Animali souffrait déjà de violents maux de tête qui lui martelaient le crâne sans arrêt. Elle ne supportait plus la lumière du jour qui l'éblouissait atrocement. Ambre lui injecta la pentamidine dans une veine à l'aide d'une seringue, comme le lui avait expliqué le médecin. Ambre éprouva une grande culpabilité envers Aminali. Il lui paraissait logique de l'aider dans cette épreuve. Depuis le début, Aminali l'avait toujours soutenue et une forte complicité les unissait. Mathias embrassa tendrement sa sœur sur son front brûlant et se leva.

— Il faut y aller maintenant. Le chef spirituel du village nous attend pour la cérémonie, dit Mathias à Ambre.

Mathias et Ambre quittèrent le lodge en 4X4 et prirent la piste menant au village massaï. Le jour déclinait petit à petit. Ils ne s'adressèrent pas la parole pendant un petit moment. Chacun avec sa conscience. Ambre rompit le silence, ne supportant plus ce froid entre eux.

— J'espérais un jour que tu m'emmènes au village massaï de tes ancêtres, mais je ne pensais pas que ce serait pour ces raisons. Je suis désolée.

— Oui je me souviens de t'en avoir parlé quand tu es arrivée. C'est moi qui suis navré. Finalement, je voulais t'aider à t'éloigner d'un fou et la situation a dégénéré.

Ambre éclata de rire nerveusement. Mathias la regarda, interloqué. L'hilarité d'Ambre se propagea sur Mathias qui s'esclaffa à son tour. La glace était brisée.

— Tu regrettes ? demanda soudainement Ambre redevenue sérieuse.

— Sincèrement oui. Il.....

— C'est plutôt brutal comme réponse. Mais quand on veut avoir la vérité... interrompit Ambre, meurtrie.

— Laisse-moi finir, Ambre. Je voulais dire, il y a des décisions qui prennent des proportions démesurées. Il faut reconnaître que ton entrée au lodge a déclenché beaucoup de mal. Ma famille a été touchée ainsi que l'entourage. Ce n'est pas de ta faute, mais la mienne et surtout celle d'Oaisara. Je n'ai pas su gérer, avoua Mathias.

Une autre question taraudait Ambre déjà vexée par les aveux de Mathias.

— Et nous deux, où en sommes-nous?

— Je ne sais pas où nous en sommes. Où j'en suis moi pour ma part ? J'ai besoin de temps, de réfléchir. Je crois que nous avons fait beaucoup de mal autour de nous. Sans le vouloir bien sûr. Je me sens assez responsable. Pour le moment, la santé de mon père, de ma sœur et mes employés, ainsi que le lodge me préoccupent. Alors je préfère ne pas me prononcer et mettre notre histoire entre parenthèses. Si tu es d'accord.

Ambre ne répondit pas tout de suite, ravalant son chagrin.

— Je veux bien attendre. Je crois que je n'ai pas trop le choix. Je peux comprendre, mais finalement Oaisara a réussi à nous séparer.

— Rien n'est perdu. Le temps est la clef de tout. C'est un proverbe africain. N'oublie jamais que nous étions amis avant. Je serai toujours là pour toi et sache que tu es quelqu'un de bien. Ne permets à personne d'en douter.

Ambre soupira, lasse de se battre et de chercher des explications.

— Pourtant je voulais échapper à un fou en m'éloignant et au lieu de cela, j'ai attiré plus de folie. Oaisara. Je me pose beaucoup de questions. J'avoue ne plus savoir quoi penser et si c'est moi qui attire la démence. Et Oaisara a disparu. Rien n'est fini.

— Je la retrouverai, rétorqua Mathias avec détermination.

— Ne fais pas trop de promesses, Mathias.

Ambre aperçut un boma se profiler dans la savane, avec ses huttes qui se mêlaient au paysage africain. Au loin, des montagnes se profilèrent à l'horizon.

— C'est le village ?

— Oui. Prépare-toi à quelque chose de violent, d'intense que tu n'oublieras jamais.

Lorsqu'ils pénétrèrent dans le village, les Massaï en costume traditionnel et de cérémonie les accueillirent en arc de cercle. Les hommes élancés d'un côté, avec un grand bâton à la main et habillés de pagnes rouges ou orange, les femmes de l'autre, vêtues d'étoffes bleues. De larges et plats colliers agrémentés de rangs de perles ornementaient le cou des femmes. Des perles de verre de toutes les couleurs enjolivaient leurs chevilles, leurs poignets. Elles portaient aussi des chapeaux de pierres blanches sur leurs crânes chauves. Ambre admira leurs accoutrements multicolores et leurs oreilles percées, surchargées de longues et lourdes boucles d'oreilles métalliques. Elle observa d'énormes trous dans les lobes distendus par les pendentifs. Les Massaï entonnèrent un chant. Les hommes effectuèrent des bonds impressionnants les pieds joints, sans aucun effort particulier. Tandis que les femmes sautillèrent légèrement. Les Massaï ouvrirent le cercle et les accompagnèrent vers le centre du village où les attendaient, sous un acacia, les anciens, dont le chef spirituel et religieux, dit oloiboni, doyen du boma. Il jouait le rôle d'intermédiaire entre les membres de la tribu et leur dieu Enkai. Il possédait les connaissances traditionnelles concernant les plantes médicinales et pratiquait la magie et, en particulier, conjurer les sorts. Il paraissait assez vieux et lui aussi avait de larges ouvertures aux lobes. L'oloiboni la scruta avec intensité, tout en se curant les dents avec un morceau de bois. Les hommes massaï se positionnèrent à gauche du chef spirituel tandis que les femmes se placèrent à droite, face à Mathias et Ambre. On leur fit signe de s'asseoir sur une peau de bête posée à terre. Un des anciens s'approcha d'un amas de bois et alluma un feu. Des villageois adultes et enfants s'approchèrent pour observer la scène. L'oloiboni commença à parler en maa, puis en anglais.

— Toi, Enkai, notre dieu unique qui nous donne la pluie, fait pousser l'herbe qui va nourrir nos bêtes, nous a offert tous nos troupeaux de la terre et nous a confié leur garde, je t'invoque aujourd'hui afin de protéger l'Antelope Lodge Safari et ses habitants contre des maléfices. Je te demande de protéger cet homme ici présent et cette femme ici présente contre une malédiction. Toi, Enkai Narok qui es bon, protège-les contre Enkai Nanyoke, le mal incarné en Oaisara.

Les hommes reprirent leurs bonds et les femmes leurs petits sauts, faisant claquer leurs colliers en métal. Ils entreprirent un nouveau chant plus tonique cette fois. Deux guerriers, l'un drapé dans une étoffe noire représentant le bien, et le second de tissu rouge évoquant le mal, entrèrent dans le cercle, leurs visages cachés derrière un masque de la couleur correspondant à leurs costumes. Ils exécutèrent une danse très théâtrale, avec de grands gestes exprimant un combat entre la vie et la mort. Le chant s'arrêta brutalement ainsi que la danse.

— Afin d'éloigner le mal et d'écarter la magie noire sur votre chemin, Mathias donne à Enkai quatre biens précieux qui appartiennent au lodge, prononça solennellement le chef spirituel.

Un des guerriers s'approcha de Mathias avec un plateau. Mathias lui tendit un petit sachet de terre, une pierre servant à l'édifice de leur lodge, une clé en bois ainsi qu'une cerise provenant de la plantation de café. Le guerrier symbolisant le bien les donna à l'oloiboni qui fit un signe de bénédiction. Le guerrier posa les quatre objets sur un autel disposé près du feu. L'oloiboni se leva et se positionna derrière l'autel. Il hissa les bras, les yeux clos, et sembla méditer. Le chef spirituel versa la terre et jeta la cerise de la plantation de café dans le feu. Les flammes crépitèrent, s'élevèrent intensément et prirent une teinte bleutée avant de redevenir normales. Le chant reprit. Des Massaï poussèrent un jeune bovin, effrayé, au milieu du cercle et sous les yeux effarés d'Ambre ; ils lui incisèrent une veine jugulaire au niveau du cou à l'aide d'une flèche. Ils remplirent trois petits bols de son sang, puis l'animal repartit en titubant mais bien vivant. Les Massaï donnèrent une coupe de sang au chef spirituel qui but avec avidité le liquide. L'oloiboni fredonna un air avec des paroles en maa. Il sembla soudainement entrer en transe, tout son corps trembla. Ambre, impressionnée, vit l'oloiboni pousser de grands cris, comme possédé par une force démoniaque. Elle observa Mathias qui ne semblait guère choqué, ni surpris. Les deux guerriers accomplirent une nouvelle danse avec des lances, une lutte entre ciel et terre, entre le bien et le mal. Ambre se serait purement régalée, amusée devant ce spectacle époustouflant, si seulement elle n'avait été qu'une simple touriste insouciante en mal d'aventures. Or, la cérémonie avait un caractère grave, solennel ayant pour but de protéger leur vie. Tout à coup, L'oloiboni s'arrêta brutalement et se retrouva à genoux, épuisé. Il resta quelques secondes inerte, puis se redressa subitement, serein.

— Maintenant je vais protéger cet homme et cette femme du mauvais sort jeté sur eux. Enkai souhaiterait commencer par la femme aux cheveux couleur paille.

L'oloiboni s'avança vers Ambre, accompagné des deux guerriers. Il plaça sa paume de main au-dessus de son crâne, sans la toucher. Ambre n'osa plus bouger.

— Toi, Enkai Narok, délivre cette femme des forces du mal. Défends à l'avenir Ambre des sorts qui lui sont jetés. Protège cet être d'Enkai Nanyoke, l'ennemi du bien sous l'apparence d'Oaisara. Oaisara cesse de nuire et oublie ta haine. Trouve la paix, sois en quête du bien.

Ambre ne sut si c'était psychologique, mais elle perçut de la chaleur se diffuser dans tout son être. Le danseur massaï représentant le bien, donna au sorcier la deuxième coupe remplie du sang de bovin. Ambre comprit, à son grand désespoir, qu'elle lui était destinée et qu'elle serait obligée aussi d'y goûter. Le sorcier s'agenouilla et posa fermement une main à l'arrière de la tête d'Ambre. Il porta le bol à ses lèvres et prononça des prières en maa. Agacée d'être sous son emprise, Ambre avala à contrecœur et contrainte le liquide amer. Le chef spirituel ne lui laissa aucun instant de répit et Ambre dût ingurgiter l'intégralité du sang. Ecœurée par le goût, elle ferma les paupières afin de se concentrer sur une sensation plus agréable. L'allocution se transforma subitement en d'innombrables voix qui l'abreuvèrent de chuchotements incessants et incompréhensibles. Ambre ouvrit les yeux, assourdie par les murmures incohérents et accablants inondant son esprit. Le sorcier frappa le front d'Ambre qui tomba à la renverse. Ambre éprouva une multitude de picotements sur ses jambes. Horrifiée, Ambre vit une colonie de fourmis recouvrir son corps. Elle voulut se débattre, seulement ses forces l'abandonnèrent. La jeune femme tenta alors de se raisonner, afin de ne pas céder davantage à la panique. Elle devait être victime d'illusions dues aux litanies, aux incantations du sorcier. Ambre en était là de ses réflexions quand les fourmis envahirent sa bouche, son nez, ses oreilles et enfin ses yeux. Une douleur immense la submergea. Elle étouffa, mais l'impression d'asphyxie disparut instantanément. Le village massaï et la cérémonie s'effacèrent et Ambre se retrouva, assise, seule, sur une pirogue voguant sur une eau limpide et paisible. L'horizon, d'un bleu pâle, semblait infini. Une plage apparut comme un mirage. La pirogue navigua vers le rivage où une silhouette recouverte d'une cape rouge l'attendait. Ambre ne distinguait pas les traits de l'individu caché sous une capuche. Il paraissait se recueillir. L'embarcation accosta. Ambre descendit de la pirogue et foula le sable blanc. Lorsqu'elle s'approcha de son mystérieux inconnu, une désagréable sensation de froid la pénétra.

— Je t'attendais Ambre. J'ai toujours une longueur d'avance sur toi, sur Mathias, sur vous tous, déclara soudainement une voix féminine et aérienne.

Ambre recula, elle connaissait ce timbre glacial et hautain. Son interlocutrice ôta sa capuche et le visage, d'une grande beauté, mais rempli d'animosité, apparut : Oaisara.

— Que veux-tu Oaisara ? Ne crois-tu pas en avoir assez fait ? Ton obsession, ta haine détruit tout, te détruit, dit Ambre.

— Non, ce n'est pas assez. Si tu es devenue mon obsession, c'est parce que toi, tu as détruit mes espérances, mes rêves. Et maintenant, tu crois m'arrêter en faisant appel à un sorcier. Grossière erreur. Je serai toujours avec toi, où que tu sois. Je suis ton pire cauchemar, menaça Oaisara dont les traits se durcirent et se défigurèrent par la haine.

Elle en fut presque laide. Ses yeux devinrent opaques, d'une noirceur incommensurable. Sa bouche se déforma et cracha un serpent argenté aux crocs acérés qui sauta à la gorge d'Ambre. La jeune femme, démunie, hurla de peur. Aussitôt la vision de cauchemar s'estompa et quand Ambre reprit ses esprits, elle réalisa être étendue sur un lit de branchages recouvert de peaux, dans un espace confiné, obscur. Elle regarda autour d'elle, effrayée, et vit Mathias.

— Chut, calme-toi, je suis là, tout va bien, murmura Mathias, rassurant.

Ambre s'apaisa, haletante. Avait-elle chaviré dans un rêve créé par la magie ou avait-elle vraiment rencontré Oaisara ? Les propos de cette dernière lui semblèrent réels et ne l'incitaient pas à trouver la paix qu'offrait l'oloiboni et son dieu Enkai Narok. Elle s'habitua à la pénombre. Ambre était dans une hutte sombre. Une vieille dame préparait une soupe qui mijotait dans une petite marmite chauffée au feu de bois. Depuis combien de temps, avait-elle été inconsciente ? Que s'était-il passé réellement ? et qu'était advenue la cérémonie ?

— Tu es partie dans un autre monde et la cérémonie est terminée depuis une heure, dit Mathias face à son air interrogateur.

— Tout ce temps ! mais ça m'a paru si bref. Mathias, j'ai vu Oaisara. Elle ne semblait pas prête à tout arrêter. Est-ce mon imagination ou tout cela fut bien réel ?

— Bien réel, hélas. Je pense qu'Oaisara pratiquait au même moment de la magie. Elle est devenue très forte. Je savais que cela pouvait être violent, mais je ne pensais pas que tu serais aussi sensible à la divination. A mon avis, pour que vous soyez aussi connectées, Oaisara possède quelque chose de toi.

— C'est-à-dire ?

— Une mèche de cheveux ou de la salive, quelque chose qui t'appartient. J'aurais dû y penser. Lorsque tu as été enlevée par Cameron, elle en a profité.

— Il n'y a rien à faire alors ? je serai à jamais à sa merci ? Aminali, John et le lodge sont-ils hors de danger maintenant ? dit Ambre affolée et catastrophée.

La vieille dame tendit à Ambre un bouillon et s'adressa à elle, le regard chaleureux.

— Tenez mon enfant, buvez c'est un bon remède pour se remettre de ses émotions. C'est à base de plantes. Le lodge est protégé. Bien sûr, il faudra du temps pour que tout redevienne normal. Concernant Aminali et John, ils sont malades et doivent être soignés, mais ils ne seront plus la cible de la magie noire. Quant à vous mon enfant, il faut vous armer à votre façon et avoir de la patience, dit-elle d'une voix calme et apaisante.

Ambre but une gorgée de la soupe chaude qu'elle apprécia immédiatement. La vieille dame retira autour de son cou un collier orné d'une pierre non taillée à l'éclat d'un bleu transparent. Elle prit la main d'Ambre et déposa délicatement le bijou dans sa paume, qu'elle referma.

— C'est une tanzanite. Cette pierre a une histoire. Mon père a travaillé dans une mine près d'Arusha où se trouve ce minéral. Les mines sont situées sur la terre des Massaï. De nombreux mineurs sont morts à la suite d'inondations dans les galeries, dont mon père. Il me l'a donnée. La tanzanite a fait la fortune des Massaï. Pour nous, elle symbolise le bonheur et la prospérité. Elle vous protégera comme elle m'a protégée. C'est votre grigri. Je vous la confie, prenez-en soin. Elle vous servira plus qu'à moi maintenant et, je pense, plus qu'à mon petit-fils, ajouta-t-elle en caressant tendrement la joue de Mathias. J'espère que tu comprendras Mathias ?

Mathias sourit affectueusement.

— Oui grand-mère, je comprends.

— Tu verras, elle a une particularité. Selon l'orientation du cristal, elle change de couleur, confia Mathias.

Ambre passa la tanzanite autour de son cou.

— Comment vous appelez-vous ?

— Bayé.

— Merci infiniment Bayé. J'en prendrai bien soin et je penserai à vous, dit-elle, touchée par l'attention de Bayé et de la tendresse qui régnait dans ce petit habitat.

— Ambre, une dernière chose. À force de frotter, la corde casse la pierre. C'est un proverbe kiswahili sur la patience, ajouta Bayé en regardant Ambre puis Mathias.

Ambre fut rassurée de porter cette pierre et par les paroles réconfortantes de Bayé. Jadis, lorsqu'elle vivait au Canada, la magie, les ensorcellements ou les grigris lui auraient paru farfelus, des idées saugrenues, des contes de fées à dormir debout, mais l'Afrique lui apprenait une toute autre vérité. Bayé leur proposa de rester pour la nuit au boma. Ambre et Mathias acceptèrent et sortirent de la cabane afin de prendre l'air, avant de se coucher. A l'extérieur, la pénombre était tombée sur le petit village encore plein de vie et illuminé par le croissant de lune. La fraîcheur de l'atmosphère les accueillit ainsi que l'odeur forte qui se dégageait de l'enclos à bétail tout proche. Un petit groupe, blotti près d'un feu, écoutait des histoires racontées par l'oloiboni tandis que des enfants couraient et riaient innocemment. Ambre les envia.

— Je suis ravie de connaître ta grand-mère, c'est une grande dame avec un cœur plein de bonté.

— Une grande dame qui t'apprécie. Elle t'a donné la pierre, c'est un signe de respect et de confiance. Elle symbolise beaucoup de choses. Normalement, la tanzanite se transmet dans la famille, lui confia Mathias, heureux que sa grand-mère ait offert la pierre à Ambre, mais inquiet des conséquences de cet acte aux yeux de sa mère.

— Je ferai en sorte de ne pas la décevoir. Et j'ai bien compris qu'elle aurait dû te revenir. Alors merci pour ta compréhension.

— Vu la conjoncture, c'est normal.

Ambre aima se promener dans le village massaï. Elle se laissa porter dans un monde loin d'une époque moderne, parmi un peuple qui vivait sans confort et respirait la simplicité. Elle entendit le rugissement de lions résonnant dans la savane, des tisserins jacasser dans leurs nids tissés au moyen d'herbes. Un chacal effectua quelques pas à l'entrée du village, mais il rebroussa chemin à la vue d'Ambre et de Mathias. Ils étaient au milieu de la nature sauvage et, à tout instant, pouvaient surgir des animaux. Au moment de se coucher, sur leur lit de branchages, malgré l'incommodité, Ambre réalisa sa chance et se dit que plus jamais ce moment ne se reproduirait. Le feu réchauffa l'espace restreint de la cabane. Elle toucha la tanzanite et absorba sa force au creux de sa main. Mathias, étendu à côté d'elle, aperçut son geste et lui murmura :

— Surtout ne la montre pas là-bas, ma mère n'apprécierait pas de voir qu'elle t'appartient maintenant.

Petit à petit, les bruits de la nature et de la faune s'amplifièrent dans la nuit. Ambre écouta le cœur, l'écho de la savane battre et vivre intensément.

Au petit matin, Ambre se réveilla avec le chant des tisserins et le bêlement des chèvres. Un manteau brumeux s'étirait sur le paysage africain. Le soleil s'élevait timidement. Bayé leur avait concocté pour leur petit-déjeuner un bol de lait accompagné d'écorces et offrit à Ambre une racine à sucer pour en extraire le jus. Ambre fut étonnée de la saveur des végétaux et se trouva très vite rassasiée. La jeune femme partit en balade une dernière fois dans le village. Dès le jour levé, le boma reprenait vie. Les femmes étaient occupées à traire le bétail. Certaines partaient rechercher de l'eau et du bois tandis que les hommes veillaient à la sécurité du camp ou emmenaient leurs troupeaux dans la savane. Ambre fut interpellée par un petit garçon aux grands yeux tendres qui lui donna la main et l'invita à assister à un cours de son école. La classe se déroulait dans une petite cabane, sans prétention, fabriquée de bouts de bois et d'un toit couvert de paille. Une dizaine d'enfants étudiaient en toute simplicité assis sur des planches posées à même le sable. Ambre ne put s'empêcher de prendre quelques photos, attendrie par leurs expressions. Avant de repartir pour le lodge, elle voulut rencontrer le chef spirituel pour lui exprimer sa gratitude. Ambre le trouva, mâchonnant de la gomme d'arbres, sous le même acacia que la veille. Il la regarda avec bienveillance et l'invita à s'installer près de lui. Ambre s'agenouilla et lui adressa un sourire de reconnaissance. Le vieil homme lui serra la main et lui transmit son énergie en une poigne vigoureuse.

— Vous savez je crois qu'elle ne s'arrêtera pas, confessa Ambre.

— Ayez confiance en votre destin, mon enfant. Un jour, elle s'arrêtera, affirma le chef spirituel.

Ambre quitta le boma et ses habitants avec regret. Lorsque Mathias reprit la piste à travers la savane, la jeune femme emporta avec elle toute la tendresse et le courage des Massaï.

▪

Ambre lut le mail de l'agence de photo Geo Life. Le responsable éditorial lui demandait de réfléchir et l'informait que si elle changeait d'avis, elle serait toujours la bienvenue dans leur équipe de photographes. Ambre avait reçu son lot en tant que grande gagnante du concours. Un superbe appareil photo d'une valeur de trois mille euros. Elle avait testé le "reflex" et en appréciait les qualités indéniables. Ambre avait également trouvé dans le colis, un petit mot avec proposition de revenir vers eux si elle regrettait son choix. Décidemment, ils persistaient et leur offre alléchante la séduisait fortement. Lors de son immersion chez les Massaï, malgré sa rencontre fortuite avec Oaisara, Ambre avait connu un moment de paix, d'osmose dans un paradis sans artifice ni agressivité. A son immense soulagement, depuis leur retour deux semaines auparavant, plus aucun heurt ni mauvais sort ne se produisit. Seulement, elle lisait encore des reproches dans le regard des employés de l'Antelope Safari Lodge. Avec le temps, leur rancune s'atténuerait, mais pour le moment, elle semblait tenace. John récupérait des forces au fur et à mesure, mais il ne devait faire aucun effort violent, ni subir de contrariétés. Adila ne pardonnait toujours pas à Ambre et n'hésitait pas à lui exprimer sa rancœur ou à lui réserver toute sa froideur. Mathias ne s'interposait plus entre sa mère et Ambre, il préférait rester neutre. Il lui avait proposé d'attendre, de mettre leur relation amoureuse entre parenthèses. Néanmoins, Mathias demeurait fidèle en amitié et au grand réconfort d'Ambre, leur complicité ne s'étiola pas. Ambre comprenait et acceptait de patienter, même si elle avait tendance à agir selon son cœur, son humeur et non par raison. La passion et l'instinct l'emportaient toujours.

Aminali classa plusieurs factures. Elle reprit l'activité, même si elle souffrait toujours de violents maux de tête, de fortes fièvres ou de douleurs articulaires. Grâce au traitement, la maladie ne progressait plus. Elle échappait pour le moment à d'autres symptômes plus agressifs tels que l'anémie, les troubles neurologiques ou la confusion mentale. Ambre prenait soin d'elle et Aminali éprouvait beaucoup d'affection pour la jeune femme. La malédiction ne mit pas en péril leur entente. Aminali leva les yeux sur Ambre et vit son amie sourire devant son écran.

— Il y a longtemps que je ne t'ai pas vue sourire ainsi, Ambre. Je peux savoir ce qui te rend heureuse ?

— Une proposition d'emploi au Canada. Toujours l'agence photo dont je t'ai parlé qui me propose de rejoindre leur équipe.

— Oh ! dis-moi, tu n'es pas tentée ? s'inquiéta tout à coup Aminali.

Ambre se pinça les lèvres. Elle ne savait plus et doutait de son avenir ici.

— Pour tout te dire, je ne suis pas insensible à leur offre. La photo c'est aussi toute ma vie.

— Tu veux nous abandonner et Mathias… Je n'ai pas rêvé, il y a quelque chose entre vous ou il y a eu… commença Aminali, décontenancée.

Ambre fut émue de la peine qu'affichait Aminali. Elle se devait d'être sincère avec elle.

— Il y a eu quelque chose entre nous qui a disparu avec tous les récents événements. J'éprouve des sentiments à l'égard de ton frère, mais il souhaite pour le moment que l'on arrête notre relation. Et j'avoue que pour moi la situation devient dure ici. Je ne me sens pas toujours la bienvenue et je peux comprendre. La malédiction vient de moi. Alors oui, je suis tentée d'accepter la proposition qui m'est faite.

— Il faut que je parle à mon frère. Quel idiot ! S'il te plaît ne pars pas. On s'entend si bien toi et moi. Je sais que ce n'est pas facile, je le vois bien, mais par affection pour moi, reste encore. Ils oublieront tôt ou tard ce qui s'est passé, déclara Aminali, chagrinée.

Ambre fut sur le point de lui répondre, lorsque le téléphone sonna. Aminali décrocha. Ambre ne voulait surtout pas qu'Aminali intervienne en sa faveur auprès de Mathias, même si cela partait d'une bonne intention. C'était leur histoire.

— Qu'est-ce que c'est que ça ? fit Adila en s'adressant à Ambre avec mépris.

Ambre sursauta, elle s'aperçut qu'elle caressait entre ses doigts la tanzanite offerte par Bayé. Plongée dans ses pensées, Ambre oublia les recommandations de Mathias et ne s'aperçut pas de l'entrée d'Adila à l'accueil.

— Eh bien, c'est un collier, répliqua Ambre sur un ton faussement ingénu.

— Oui je le vois. La question est : que fait cette tanzanite, qui appartient à la famille, autour de votre cou ? rétorqua avec dédain Adila.

Ambre ne se laissa pas déstabiliser. Elle ne ressentait aucun tort. Bayé lui avait offert ce présent sans aucune hésitation.

— Oui, je sais Adila qu'elle appartient à votre famille. C'est Bayé qui m'a donné le collier avec bon cœur pour me protéger et m'apporter le bonheur. Avec le consentement de votre fils, déclara fermement Ambre qui affrontait le regard foudroyant d'Adila.

— Donnez-moi le collier ! Je refuse qu'il vous appartienne, ordonna Adila.

Aminali raccrocha. Elle avait assisté, impuissante, à la dispute, étant en conversation avec le banquier.

— Maman ce qui est donné ne peut être repris. Si grand-mère a offert ce collier à Ambre, c'est qu'elle a ses raisons, tenta Aminali, elle-même surprise du cadeau.

Ambre et Adila se toisèrent longuement. Le silence devint oppressant tant la tension était présente.

— Avec le consentement de mon fils ! C'est ce que l'on va voir, finit par dire enfin Adila qui tourna les talons.

Ambre regretta instantanément son étourderie. Elle pressentit que son erreur serait lourde de conséquences. L'offrande réveillait la fureur d'Adila. Un orage se préparait à l'Antelope Safari Lodge.

▪

A la suite de sa discussion houleuse avec sa mère, Mathias erra quelques instants dans le domaine, afin de canaliser sa colère qui bouillonnait envers toutes les femmes de sa vie. Contre sa mère pour son éternel ressentiment envers Ambre, Oaisara pour sa haine maladive, sa jalousie ravageuse et enfin Ambre pour sa dernière imprudence qui embrasait le climat. Il voulut contenir sa hargne, afin de modérer ses propos, quand il intégrerait la villa. Il lui était indispensable de gérer une nouvelle crise et de cogiter aussi à la façon de procéder avec Oaisara. D'après ses sources, il connaissait maintenant le lieu où avait fui son ensorceleuse. Son empressement à la retrouver ne devait en aucun cas être dévastateur. Il puisa au fond de lui les forces nécessaires afin que son impulsivité et son exaspération d'aujourd'hui ne le desservent pas, ne finissent pas par détruire sa famille, mais s'achève intelligemment.

Mathias pénétra dans le petit salon abrité où l'attendait Ambre sur le sofa.

— Nous devons parler, Ambre, dit-il.

Mathias se dirigea vers le réfrigérateur et se servit une boisson fraîche pour étouffer ses ardeurs. Ambre comprit qu'Adila s'était exprimée.

— Tu sais..., commença Ambre.

Mathias s'assit à côté d'elle.

— Oui ma mère m'a parlé de la pierre. Je t'avais dit, Ambre, de faire attention. Je savais qu'elle ne comprendrait pas. Où avais-tu la tête ? Tu n'es pas étourdie pourtant.

— Je suis désolée, je réfléchissais.

— Cela devait être rudement important pour être aussi imprudente.

Ambre soupira. Mathias plongea dans ses yeux un regard inquisiteur. Il attendait une réponse qu'elle ne souhaitait pas apporter de peur de soulever d'autres montagnes.

— Je vais rendre la pierre. Il n'y aura plus d'histoires, enfin je l'espère, mais je n'en suis pas persuadée. Adila signifie juste et équitable. Tu m'avais dit qu'elle saurait faire la part des choses, le moment venu. Je ne vois rien venir, alors tiens, dit Ambre, lasse, en ôtant le collier de son cou.

Mathias repoussa froidement la pierre.

— Non, elle t'appartient maintenant. Ma grand-mère te l'a confiée. Cela signifie quelque chose. Je veux qu'elle te protège et qu'elle te donne la sécurité, le bonheur.

— Qu'elle me protège de quoi ? d'Oaisara. Une pierre va me protéger de cette femme ? Pour le moment, cette pierre ne me procure aucune protection contre la jalousie d'Oaisara et la colère de ta mère.

Mathias sentit une colère, longtemps refrénée, monter en lui.

— Elle n'empêche pas la colère ni les sentiments des hommes. Les émotions sont profondes et normales. La pierre évite que la malédiction s'abatte sur toi. Alors garde-la, tu vas en avoir besoin. A tes yeux, Adila n'est pas juste et équitable, mais aux siens, peut-être que oui. Chacun à sa vision des choses. Je voulais éviter ce genre d'ennui, ce n'était pas compliqué de rester discret.

— D'accord, une fois de plus je suis désolée, mais… j'étais distraite parce que nous venions de discuter avec ta sœur, dit-elle pleine d'amertume.

— Discuter de quoi ? demanda-t-il d'un ton brut.

— Sur le choix d'accepter ou non la proposition d'emploi de l'agence photo au Canada.

— Ah oui courage, fuyons ! C'est unc méthode qui te va bien, dit Mathias cinglant et blessé par son comportement hésitant.

Ambre rougit, vexée. Elle ne supporta pas ses sarcasmes qui sonnaient comme une injure.

— C'est bas Mathias. D'abord, je n'ai pas dit oui et après tout si je suis ici c'est bien parce que tu m'as invitée, tu me l'as proposé. Donc, voilà où nous en sommes. Ambre se leva, les larmes aux yeux et entra dans la villa.

Mathias la rattrapa et la retint par le bras, regrettant son emportement. Ambre eut un geste de recul, mais sa peur s'évanouit en regardant Mathias plein de douceur et de tristesse.

— Excuse-moi, je suis allé trop loin, concéda-t-il.

— Oui, nous sommes allés trop loin. Je vais rentrer au Canada et accepter l'offre. Ce sera mieux pour tout le monde, annonça Ambre très calme et résolue.

Le cœur de Mathias se morcela.

— Non je t'en prie, reste. Demain, je pars pour Zanzibar chercher Oaisara. Je ne veux pas que l'on se quitte comme ça, réussit à dire Mathias

— C'est donc là qu'elle se cache. Ne fais pas de bêtise Mathias et préviens la police. Elle est dangereuse et je sais que ta colère peut prendre des proportions démesurées. Quant à moi, ma décision est prise. Je n'ai plus ma place ici. On se déchire sans arrêt et on ne se respecte plus. Je t'aime, mais notre amitié est plus forte que tout et j'ai peur qu'il n'en reste rien. Je n'ai pas envie de tout mélanger et de perdre la seule personne qui a cru en moi, avoua Ambre, meurtrie.

Mathias l'enlaça tendrement. Ambre ressentit un océan d'émotions la submerger.

- Non ne t'inquiète pas, je vais faire le nécessaire. Quant à nous, on se retrouvera. Laissons le temps guérir tout cela.

Il existait un lien sacré que Mathias se refusait à sacrifier, c'était leur l'amitié. Personne et surtout pas Oaisara ne pouvait la leur voler.

▪

Ambre boucla sa valise. Malgré le début des petites pluies, elle quittait des terres arides pour le froid canadien. Mathias avait repoussé son départ à Zanzibar pour accompagner Ambre à l'aéroport.

Aminali pénétra, chancelante, dans sa chambre. Ambre comprit, à sa mine déconfite, qu'elle était en pleine crise de douleurs articulaires et souffrante. Malgré son état, Aminali se fit violence pour venir lui dire au revoir. Ambre se précipita vers Aminali qui faillit tomber.

— Pourquoi n'es-tu pas restée au lit ? Ce n'est pas sage. Je serais venue te voir avant de m'en aller.

— J'avais tellement envie de vous accompagner ! Je voulais être à l'aéroport avec toi. Ce n'est pas juste, dit la jeune fille, la bouche sèche.

Ambre soupira face à son entêtement et toucha le front bouillant d'Aminali.

— Moi aussi j'aurais aimé, mais là tu vas vite retourner te coucher. Ne t'inquiète pas, cela n'empêchera pas que je t'invite chez moi au Canada. Je ne t'oublie pas ma petite sœur. Mais pour ça, il faut bien se soigner.

Aminali hocha la tête.

— Oui mais j'ai suffisamment de forces pour te regarder au moins t'envoler d'ici. Ambre prit son sac de voyage et soutint Aminali jusqu'à la porte. Mathias surgit accompagné de son père.

— L'avion est prêt et toi tu n'es vraiment pas raisonnable, dit Mathias à sa sœur.

— Bla bla bla, répondit Aminali, désinvolte.

— Je lui ai déjà fait la morale. Fit Ambre

Une Jeep les attendait afin de rejoindre le Cessna prêt à décoller de la petite piste. Adila patientait, impassible, à côté du véhicule.

— Je peux monter avec vous ? demanda Aminali d'un air enfantin.

Un non catégorique et unanime se prononça immédiatement de la part de tous.

— Là pour une fois vous êtes d'accord ! commenta surprise Aminali.

L'insolence d'Aminali donna envie de rire à Ambre. Même fiévreuse, elle déridait tout le monde par son humour, détendant une atmosphère morose ou tendue. Ambre et Adila se regardèrent. La jeune femme crut déceler un milligramme de sourire se former sur les lèvres d'Adila.

— Kwaheri Ambre. Je vous souhaite bon voyage et espère que vous réussirez dans votre nouvelle vie, dit Adila sur un ton sincère.

Ambre la remercia sobrement et se tourna vers Aminali qu'elle serra fort dans ses bras.

— Tu vas me manquer, Aminali. Garde ton humour et ta joie de vivre. Fais attention à ton frère. Kwaheri, au revoir, lui murmura Ambre à l'oreille.

— Kwaheri Ambre. Oui je ferai attention à mon idiot de frère, mais ne m'oublie pas. Surtout, j'espère que l'on gardera contact ? demanda émue Aminali.

— Oui, je t'appellerai ou t'enverrai des mails, promit Ambre, la gorge serrée.

Elle détestait les adieux déchirants et réprima un sanglot.

Mathias, John et Ambre grimpèrent dans le véhicule. Mathias prit le volant et la Jeep s'éloigna de la villa. Ambre se retourna et agita la main à l'attention d'Aminali. Cette fois, ses larmes coulèrent sans aucune retenue. Ils longèrent l'Antelope Safari Lodge et enfin la carlingue du Cessna apparut. Ils furent agréablement surpris par la présence des Massaï dont la plupart travaillaient pour la plantation. Dès qu'ils descendirent du véhicule, les Massaï fredonnèrent une chanson en maa.

— Ils chantent pour toi, Ambre, déclara Mathias.

Ambre écouta, troublée, la mélodie nostalgique et magnifique résonnant dans la savane. Des girafes traversèrent gracieusement la plaine et tendirent leurs longs cous vers la musique. Les Massaï cessèrent leur chant mélodieux, le départ s'avéra inévitable et imminent.

— Asante, Ashehe nalé, serena. Merci et au revoir, leur dit-t-elle en maa.

— Mape (on y va) ? demanda Mathias en maa à Ambre.

Ambre lui sourit. Bouleversée par la délicate attention des Massaï, elle répondit émue.

— Ndiyo. (Oui). Au revoir John. Prenez soin de vous.

John l'enveloppa de ses grands bras.

—Vous aussi prenez soin de vous. Je vais vous regretter. Vous m'avez été d'une aide efficace et vous m'avez sauvé la vie. Je déplore que les choses ne se soient pas passées autrement. Rien n'a été simple pour vous, déclara John. Il l'embrassa sur la joue.

Ambre et Mathias montèrent dans le petit avion. Ambre attacha sa ceinture, posa son casque sur les oreilles, tandis que Mathias accomplissait les procédures de décollage. Ambre se remémora leur atterrissage forcé dans la brousse à leur arrivée et espéra ardemment qu'un autre incident de ce genre ne se reproduise plus. Le spectre Oaisara planait toujours sur elle. Ambre savait qu'elle n'était à l'abri de rien, même si la pierre la protégeait, elle n'oubliait pas les menaces d'Oaisara.

Le Cessna prit son envol. L'avion plana une dernière fois au-dessus de l'Antelope Safari Lodge. Ambre contempla avec nostalgie le complexe qui se mêlait au kopjes, aux arbres à racines noueuses et aux acacias. L'avion s'éloigna laissant de beaux et douloureux souvenirs derrière elle. La savane et les cris des animaux, la nuit, lui manqueraient. Maintenant, son avenir était ailleurs, à Montréal. Elle avait recontacté le responsable du magazine photo et prendrait ses nouvelles fonctions dans une semaine, mais tout d'abord Ambre revenait à Whistler. Elle rentrait à la maison.

▪

Ambre redouta ce moment où elle serait obligée de quitter définitivement Mathias pour patienter dans la salle d'embarquement. Ambre et Mathias ne s'étaient plus séparés depuis le décollage du Cessna, jusqu'à l'aéroport du Kilimandjaro. Chaque étape fut une douleur. Lorsque l'avion laissa les terres de Serengeti et survola le cratère du Ngorongoro, Ambre ressentit un serrement de cœur, comme un abandon. C'était un pas de plus vers le Canada. A leur grand regret, son vol à destination de Vancouver fut annoncé sans aucun retard. Ambre et Mathias s'étreignirent. La jeune femme eut l'impression qu'une main invisible lui arrachait son cœur et ses poumons.

— On se retrouvera, Ambre. Même si c'est dur, la distance nous permettra de réfléchir et de voir ce qui est bien pour nous. Amitié ou amour. Pour le moment, c'est la confusion dans ma tête. Je n'ai pas envie que tu partes, mais pourtant, c'est la meilleure solution, avoua Mathias, malheureux.

Ambre hocha la tête. Son regard témoignait suffisamment de son chagrin. Mathias et Ambre se séparèrent à contrecœur, le temps ne jouait pas en leur faveur.

— Je t'appelle dès que je suis arrivée à Whistler. Et toi, ne commets pas d'imprudence avec Oaisara. Préviens la police, ne t'en charge pas seul, dit Ambre d'une voix tremblante.

Mathias balaya affectueusement une mèche rebelle sur la joue d'Ambre. Ce petit geste habituel et spontané manquera éperdument à Ambre.

— Ne t'en fais pas, lui dit-il tendrement.

Ambre s'engouffra dans le couloir pour présenter ses papiers au douanier. Bouleversée, elle trouva dommage et terrible qu'il faille attendre de perdre quelqu'un pour connaître la grandeur de ses sentiments.

Mathias regarda Ambre s'éloigner jusqu'à ce qu'elle disparaisse. L'esprit embrumé et pollué par un nombre incalculable de questions, Mathias devait, dès à présent, se concentrer et atteindre son principal objectif : arrêter Oaisara, la responsable de tous leurs maux. Comme le soulignait Ambre, il ne serait guère prudent de la combattre seul. Mathias avait trop de colère en lui pour se charger personnellement de son cas, sinon il la tuerait. Pour cela, il devait convaincre la police et fournir les preuves de sa culpabilité.

CHAPITRE 8

Le taxi s'arrêta devant la maison en rondins de bois. Ambre régla la course au chauffeur et descendit du véhicule. Le froid piquant la pénétra. Le thermomètre du taxi afficha un degré. Le ciel offrait un dégradé de nuages gris et noirs couvrant les miettes de ciel bleu. Il semblait hésiter à déverser de la pluie ou des flocons de neige sur Whistler. Plus de quatre mois s'étaient écoulés depuis son voyage en Tanzanie et elle avait l'impression d'être partie des années. Le climat et les couleurs de la savane paraissaient loin. Quel contraste ! pensa-t-elle. Ici, les Canadiens se couvraient de blousons et bonnets, l'hiver et la grisaille s'étant installés confortablement.

— Bon retour chez vous et bon courage avec ce froid, lui dit le chauffeur de taxi en déposant sa valise devant la porte.

— Merci pour tout. Du courage, je vais en avoir besoin, répondit-elle.

Son long voyage s'achevait devant cette porte. Elle déposa sa valise et parcourut du regard la maison qu'elle avait abandonnée des mois plus tôt. La fraîcheur et l'humidité l'accueillirent. Elle s'empressa d'allumer le chauffage et ouvrit les volets électriques. Ambre regarda sa montre. En Tanzanie, il y avait dix heures de décalage, c'était le soir. Elle composa le numéro de portable de Mathias afin de l'avertir de son arrivée. Déçue et surprise, elle tomba sur son répondeur et lui laissa un message. Malgré une matinée terne et glacée, Ambre sortit sur le balcon afin de redécouvrir la vue panoramique du lac et des montagnes environnantes habillées d'un blanc manteau. Elle s'imprégna à nouveau de ce paysage si opposé à la savane du Serengeti. Ici le vert intense du Canada dominait, la pluie régnant en maître. La fatigue de son long périple la rattrapa rapidement. Ambre grimpa l'escalier et pénétra avec appréhension dans la chambre qu'elle avait partagée avec Cameron. Elle repensa à ce dernier et à la nuit précédant sa fugue. Petit à petit d'autres images agressives la submergèrent et tournèrent en boucle dans son esprit. Elle revit Cameron, violemment projeté dans la rivière Mbalageti, puis écrasé par la mâchoire d'un hippopotame. La chair de son visage et de son corps déchiquetés. Ambre repoussa la vision d'horreur et se déshabilla. Elle décida de dormir un peu afin de récupérer des forces. Plus tard, elle se promènerait faire les courses et réfléchirait à l'avenir de la maison. La vendre ou la garder. Malgré le tempérament psychopathe de son mari, son testament ne fut pas modifié et il lui laissait la maison. Seulement en avait-elle envie après tous ces douloureux souvenirs ?

A peine assoupie, Ambre entendit une porte grincer et des pas lourds monter les marches. Elle sursauta et bondit hors de son lit. Les battements de son cœur s'accélérèrent, la peur au ventre, Ambre se faufila sous le lit. Un intrus s'était introduit dans la maison. Peut-être que quelqu'un avait remarqué leur absence prolongée et profité de la maison pour en prendre possession. Ambre se trouva stupide. A son arrivée, elle ne constata aucune infraction et personne ne détenait les clés. A moins que Cameron eût laissé un trousseau à une connaissance. Ambre ne discerna plus aucun bruit. Sans doute avait-elle mal interprété les craquements et il s'agissait probablement d'un écureuil se promenant sur le toit. Tout à coup, la porte de la chambre s'ouvrit. Ambre en eut le souffle coupé. Cachée et étendue sur le sol, elle aperçut uniquement des chaussures d'homme maculées de boue. A priori, l'individu n'était pas très soigneux, mais c'était un problème de peu d'envergure. L'inconnu fit le tour du lit, Ambre pétrifiée, ne bougea plus. Tout à coup, elle se sentit glisser sur le sol. On l'extirpait de sa cachette par les chevilles. La jeune femme tenta de s'agripper à un support pour se rattraper, mais l'homme était doté d'une grande force. Ambre se retourna pour se défendre et donner des coups de pieds. Elle poussa un hurlement sauvage lorsqu'elle découvrit avec effroi que son agresseur, penché sur elle, n'était autre que Cameron, les traits défigurés, laminés. Des larmes de sang suintaient de ses yeux exorbités et des lambeaux de peaux dégoulinaient sur son visage. Ses vêtements tailladés portaient la trace de morsures et de vase. Une odeur infâme de soufre et de mort flottaient.

— Tu m'as laissé crever. Je vais te tuer, sale petite garce, dit Cameron d'une voix macabre.

Il ferma ses doigts ensanglantés autour de son cou et l'étrangla.

— Cameron ! Non.

Ambre se débattit, mais ses forces l'abandonnèrent très vite, elle suffoqua. Ambre se réveilla, oppressée. Elle chercha de l'air, car elle étouffait assurément. Ambre réalisa à son immense soulagement qu'elle venait de vivre un cauchemar d'une réalité déconcertante.

Depuis un certain temps, Cameron ne peuplait plus ses rêves. Il avait suffi qu'elle rentre à Whistler pour que sa conscience s'éveille et la perturbe. Elle devait reprendre sa vie, son destin en main et ne pas se laisser happer par ses mauvais démons. La jeune femme se leva et décida de se préparer pour aller faire ses courses. Ambre brancha la radio afin de couvrir le silence envahissant de la maison et capta une station diffusant de la musique. Elle prit une douche bien chaude et s'émerveilla de la pression de l'eau. Confort dont elle ne disposait pas en Tanzanie. Puis Ambre fouilla dans son armoire à la recherche de vêtements chauds. Elle constata un désordre monstre et ses vêtements déchirés. Ambre imagina la fureur de Cameron déchaîné, qui se défoulait de toute sa hargne sur ses affaires. Heureusement, Cameron avait omis de se venger sur quelques habits et à travers le fouillis laissé par son démoniaque mari, elle retrouva un gilet et un pantalon chauds. Lorsqu'elle se fut apprêtée, Ambre ouvrit tous les placards de la cuisine et comme elle s'y attendait, ils étaient vides. Elle partit donc, avec sa voiture, dans le centre de Whistler, au supermarché. Une pluie fine, mais persistante l'accompagna sur le chemin. Bien que Whistler ne soit pas une énorme ville, Ambre dût s'accoutumer de nouveau à la civilisation urbaine et moderne. Ambre arpenta également les magasins pour se réapprovisionner en tenues d'hiver. Les prochains mois à Montréal s'annonçaient très rigoureux. Elle rencontra quelques relations et ne put éviter les questions embarrassantes sur son départ inopiné et la disparition de Cameron. Elle fut soulagée de constater que la plupart des gens la comprirent et compatirent. Cameron étant devenu étrange et explosif dans les derniers temps avec pratiquement tout le monde. Ambre croisa également Chloé, sa collègue de l'accueil, une petite brunette avec qui elle avait partagé de nombreux fous rires. Les deux femmes se donnèrent rendez-vous dans la soirée pour dîner au restaurant, afin de raconter ses aventures. Il était plus de 16h lorsqu'Ambre revint à la maison. La pluie ne cessa guère de la journée et la nuit s'effondrait maintenant sur Whistler. Ambre déposa ses emplettes, tout en réfléchissant à ses futures recherches pour un nouveau logement à Montréal. Suite aux discussions et conseils avisés de l'après-midi, Ambre disposait de plusieurs pistes. Ses employeurs du magazine photo lui proposèrent un appartement à partager avec d'autres locataires, mais Ambre préférait vivre seule. Ses dernières expériences l'avaient refroidie. Elle ne désirait plus dépendre de qui que ce soit, ni être jalousée pour une quelconque raison. Ses pensées s'acheminèrent automatiquement vers Oaisara et Mathias. Elle consulta son portable et, désappointée, ne vit aucun SMS de la part de Mathias. Ambre lui laissa un message, lui demandant de la rappeler. Sans doute était-il débordé et sur les traces d'Oaisara. Ambre téléphona également à ses parents pour les prévenir de son retour. Elle demeura en ligne un long moment avec eux. En Tanzanie, Ambre les avait contactés régulièrement et ils savaient tout de ses péripéties. Ambre décida ensuite d'étudier les habitations susceptibles de lui convenir et consulta sur internet les annonces ou agences immobilières. Malgré sa concentration, le calme pesant ressurgit. Au Serengeti, la faune s'exprimait de jour comme de nuit. Mal à l'aise avec ce lourd silence dans cette grande maison, hormis la pluie dégoulinant sur le toit, Ambre alluma la radio qui transmit une chanson très rock. La jeune femme, emportée, se déhancha au rythme de l'air. Elle dansa afin de s'étourdir sur plusieurs morceaux de musique. La sonnerie de la porte d'entrée retentit. Chloé venait la chercher pour un repas entre filles au restaurant. Elles filèrent dans un établissement aux spécialités de fruits de mer, poissons, réputé pour ses mets succulents. Ambre et Chloé partagèrent un plat de homard et risotto aux crevettes accompagné d'une bouteille de vin. Ambre raconta à son amie sa fuite et ses aventures rocambolesques en Tanzanie, son futur travail en tant que photographe. Chloé l'écouta bouche bée et envia presque son intrigante histoire. Quand Chloé lui fit part spontanément de son sentiment, Ambre lui adressa un regard noir.

— Non, mais ne t'inquiète pas, je ne suis pas ta folle Oaisara, dit Chloé avec une grimace espiègle.

Les deux femmes, un peu ivres et heureuses de se retrouver, éclatèrent de rire.

— Mais dis-moi, tu y crois à la protection que procure cette pierre ? demanda Chloé, intriguée.

— Je ne serais jamais partie en Tanzanie, ni connu les Massaï ou la sorcellerie, je pense que non. Mais avec tout ce que j'ai vécu, je crois en cette pierre, en sa force. D'ailleurs, je ne la quitte plus.

— Et Mathias, il te manque ? fit Chloé en lui adressant un petit clin d'œil.

— Oui, il me manque énormément en tant que ami et amoureux. Mais j'attends, avec le temps cela passera peut-être et l'amitié restera.

— Et si ce n'est pas le cas, si tes sentiments ne disparaissent pas, que feras-tu ?

— J'aviserai. Nous nous sommes laissé du temps.

— En tout cas en dépit de tous tes déboires et malheurs, tu arrives toujours à t'en sortir. Tu es comme un petit chat qui chute de très haut et retombe toujours sur ses pattes. Dorénavant, je t'appellerai "mon chaton".

— Très profond, répondit Ambre avec un zest d'ironie.

— Non mais c'est vrai. Regarde ! tu as gagné le concours photo et au lieu de retourner dans l'anonymat des photographes en herbe talentueux, on te contacte pour un job. C'est hallucinant.

— C'est vrai, j'avoue j'ai de la chance En espérant que derrière tout ça, il n'y a pas eu de petits coups de pouce maléfiques.

— Que veux-tu dire ?

— Oaisara, toujours Oaisara.

— Dans quel but ?

— Dans le but de m'éloigner de Mathias, mais après mûre réflexion, je pense qu'elle se serait débarrassée de moi autrement. Son objectif est que je ne sois pas heureuse et que je ne réussisse pas dans la vie.

— Quelle peste de diablesse celle-là ! Bon, sache que je suis fière de toi, on peut dire que tu n'as pas les deux pieds dans le même sabot.

Les deux femmes bavardèrent encore en savourant leurs desserts, puis, ne voulant pas se séparer, elles envisagèrent de finir la soirée dans une discothèque. Ambre voulut se libérer l'esprit en se trémoussant une bonne partie de la nuit. Elle rentra chez elle aux alentours de cinq heures du matin, éreintée mais heureuse de s'être amusée avec Chloé. Cette soirée lui permit de reconsidérer son opinion et de trouver la solution idéale pour la maison. Plutôt que de s'en débarrasser, finalement, son choix fut de la conserver. Elle reviendrait ainsi certains week-ends pour revoir Chloé, faire du ski ou des promenades en montagne.

Ambre balança ses chaussures à talons dans le corridor, se débarrassa de son manteau et sac à main puis elle s'affala sur le canapé de son salon. Elle se frotta les pieds qui la faisaient lamentablement souffrir. Un petit creux la tenailla. D'avoir virevolté sur la piste de danse l'affama. Ambre eut envie de mordre dans un sandwich. Elle pénétra dans la cuisine et saisit une baguette de pain qu'elle coupa en deux. Ambre ouvrit le réfrigérateur et sortit les ingrédients nécessaires à l'élaboration de son repas. Elle sucra sa mie de sirop d'érable, étala du fromage en tranche et du jambon. Impatiente, Ambre croqua avec plaisir dans son sandwich. Le sucré du sirop lui donna soif. Elle attrapa une bouteille d'eau qu'elle but avec avidité au goulot. Avant de se coucher, Ambre prévoyait de se glisser sous la douche pour rafraîchir son corps moite. Tout à coup, la sonnerie du téléphone fixe, situé dans le salon, retentit. Surprise par un appel aussi incongru que matinal, Ambre pensa tout de suite à Mathias. Elle s'empressa mais malgré sa promptitude, son interlocuteur raccrocha. Intriguée, Ambre vérifia sur le journal, le dernier appel reçu et constata, fébrile, qu'il s'agissait bien de Mathias. Subitement, la jeune femme se retrouva plongée dans le noir. Elle examina sa ligne téléphonique dont la tonalité était également interrompue. Pas de chance ! Malgré la coupure d'électricité, la maison disposait d'une ouverture en hauteur dans le vestibule et la cuisine, laissant filtrer l'éclairage du réverbère de la rue. La panne ne concernait, par conséquent, que son appartement. Elle s'occuperait de son tableau électrique situé à l'extérieur, plus tard, après avoir appelé

Mathias. Ambre s'introduisit dans le hall d'entrée pour récupérer son portable. Elle fouilla dans la poche de son manteau, mais ne le trouva pas. Elle voulut explorer son sac, mais celui-ci aussi s'était évaporé. Son sang se glaça. Une désagréable impression et sensation la pénétrèrent. Paniquée, Ambre contrôla que la porte d'entrée était bien verrouillée. Son soulagement ne fut que de brève durée en constatant que la clé dans la serrure s'était volatilisée. Ambre fureta dans un meuble où la clé ainsi que son double pouvaient se trouver. Malheureusement, elle ne trouva aucune trace des trousseaux. L'angoisse habita Ambre. Quelqu'un s'était infiltré chez elle et jouait avec ses nerfs. Cloîtrée de l'intérieur avec son assaillant, Ambre ne pouvait s'échapper de chez elle ni par la porte d'entrée, ni par les fenêtres, du fait que les volets fermés étaient électriques. A cet instant précis, Ambre maudit ce système et de s'être fait berner. Pourquoi Mathias avait-il tenté de la joindre ? Etait-ce pour la prévenir d'un funeste danger ? S'agissait-il d'Oaisara, son ennemie jurée ? Pourtant et habituellement sa formule rimait avec sortilèges. Seulement voilà, impossible ne se conjuguait pas avec Oaisara et sans doute la magie noire se confrontait à la force de la tanzanite. Ambre se précipita dans la cuisine et tira un tiroir où elle attrapa un couteau à viande à la lame très aiguisée. Son unique moyen de défense pour un piège de cette envergure. Ambre écouta le moindre bruit suspect et tenta de débusquer son prédateur tapit dans l'ombre. Deux accès pouvaient mener à la cuisine et aucun ne possédait de porte. Le salon et le vestibule. Ambre disposait donc d'un angle d'observation sur la menace imminente. Elle cogita rapidement. Cameron détenait un ordinateur portable dans leur chambre. Si Ambre atteignait l'étage sans embûche, elle enverrait un email vers le portable de Mathias, un SOS afin qu'il prévienne la police. Seulement, en aurait-elle le temps et la possibilité ? la jeune femme se munit d'une lampe frontale et se faufila hors de son repaire. Elle monta hâtivement et prudemment les escaliers immergés dans la pénombre. Ambre fut sur le point d'accéder au palier supérieur, quand soudainement, elle devina une présence. Sa lampe illumina le visage d'Oaisara, projetant une lumière étrange et effrayante. Sans une once d'hésitation, Ambre brandit la lame de son couteau sur Oaisara, et la toucha au bras. Oaisara grimaça légèrement. La douleur ne sembla pas l'atteindre davantage, mais décupla son énergie et sa rage. Elle asséna un violent coup de poing sur la mâchoire d'Ambre qui bascula sur la rampe d'escalier. Son arme tomba quelques mètres plus bas sur les marches. La Tanzanienne bondit tel un félin sur Ambre qui, pour se défendre, la frappa au visage et au corps. D'une force inépuisable, Oaisara la cribla en retour de gifles cinglantes. Ambre enfonça ses ongles dans la plaie sanguinolente provoquée par la lame. Cette fois-ci Oaisara gémit de douleur. Elle riposta aussitôt en l'affectant d'un croche-pied et la poussa violemment vers le vide. Ambre vacilla et dévala tout l'escalier. Assommée et meurtrie, Ambre se fit violence et tenta de se relever. Oaisara saisit le couteau et d'une démarche féline s'approcha d'Ambre. Elle la chevaucha et l'immobilisa de tout son poids. Prisonnière de la tigresse africaine, Ambre, impuissante, fut incapable de se mouvoir et de bouger les bras. Oaisara essuya un filet de sang sur sa bouche et pointa la lame sur la joue d'Ambre.

— Enfin, nous allons pouvoir discuter avant que je te tue, dit Oaisara, se délectant de son pouvoir sur sa rivale.

— Pourquoi Oaisara ? tu n’en as pas marre. Je ne suis plus avec Mathias. On s’est séparé. Tu as gagné. Je suis ici. Ma vie est ici maintenant. Ta vengeance te mènera directement à la case prison, murmura Ambre qui ressentit son dos et sa mâchoire endoloris.

Oaisara secoua la tête.

— En prison ? je ne sais pas. Tu ne me facilites pas les choses. J’avais un projet pour toi. Je voulais t’inoculer un petit produit, mais avec la tête que tu as maintenant, on ne croira jamais à un suicide. Je vais devoir me salir les mains. Je ne te crois plus. Il n’y avait rien entre vous, soi-disant, la première fois que j’ai posé la question à Mathias. Menteur ! Sinon, oui tu es ici, mais tu aimes toujours Mathias et lui t’aimait toujours. Tôt ou tard, il t’aurait rejointe.

— Pourquoi parles-tu de Mathias au passé ? s’inquiéta Ambre.

Oaisara soupira et frotta son bras ensanglanté.

— Enfin ! pourquoi ? ah oui, parce qu’il est mort. Je l’ai tué, voyons, répondit Oaisara avec aplomb.

— Je ne te crois pas. Tu mens. Il m’a appelée tout à l’heure sur le téléphone fixe. J’ai vu son numéro de portable avant que tu coupes la ligne.

Oaisara pouffa d'un rire sardonique.

Tu parles de ce téléphone ? demanda Oaisara avec insolence.

Oaisara explora sa poche et exhiba le portable de Mathias comme un trophée. Le cœur d’Ambre s’emballa. Le sol se déroba sous elle. Le chagrin et la panique l’envahirent, mais Ambre refusa d’admettre cette horrible et malsaine vérité.

— Alors c’était quoi cet appel si ce n’est pour me prévenir ?

— J'adore jouer à ce petit jeu bien sordide qui fait espérer comme moi j'ai espéré que Mathias me revienne, comme Cameron a espéré que tu reviennes. Je t'ai appelée et ensuite j'ai coupé l'électricité. Ça marche bien, c'est efficace.

— Finalement, tu es comme Cameron, aussi fêlée. C'est lui que tu aurais dû épouser.

— Oui c'est ça. Bon, Il est temps maintenant de mettre fin à cette comédie.

Ambre se prépara à succomber dans d'ignobles souffrances. Sa vie s'achèverait aujourd'hui, assassinée par une femme diabolique à la vengeance tenace. Anéantie, son unique consolation fut de rejoindre Mathias. Oaisara dériva la lame de son couteau de sa joue jusqu'à son cou. Subitement, l'Africaine fronça les sourcils, le regard perçant. Oaisara souleva le pendentif dévoilant la pierre bleuâtre cachée sous le gilet d'Ambre.

— Tu ne mérites pas cette pierre qui protège les Massaï. Donc, Bayé a estimé qu'elle te revenait, elle te préférait aussi à moi ! dit Oaisara d'un ton dédaigneux.

Ambre éclata de rire. La protéger ? sûrement pas ! une mort certaine et imminente l'attendait. Quelle funeste plaisanterie. Bayé se trompait lourdement. La tanzanite n'était qu'un leurre, une simple croyance ou alors la pierre estimait sans doute qu'elle ne méritait pas sa protection. Oaisara contempla Ambre avec surprise et mépris. Elle lâcha brusquement, d'un air dégoûté, le pendentif et souleva le couteau prêt à la poignarder. Ambre ferma les yeux. Elle entendit une explosion et la porte d'entrée s'ouvrit avec fracas. Des policiers pénétrèrent arme à feu au poing.

— Lâchez cette arme immédiatement, sinon on vous tire dessus ! cria l'un deux.

Oaisara sursauta, mais ne se retourna pas. Ambre lut dans le regard d'Oaisara de la détermination et comprit que la jeune femme ne cèderait pas à la sommation. Résolue à atteindre son but ultime, Oaisara pointa son couteau sur la poitrine d'Ambre, prête à la tuer. Immédiatement, une détonation retentit et Oaisara lâcha prise, terrassée par la douleur. Elle hurla et s'écroula. Ambre la renversa sur le côté et se dégagea de son infortunée prédatrice, blessée grièvement à l'épaule.

— Tout va bien madame ? demanda l'un des policiers.

— Oui je crois, dit Ambre décontenancée, dont l'existence quelques minutes auparavant ne tenait qu'à un fil.

Elle regarda Oaisara transportée par des ambulanciers et les gyrophares de la police, illuminant son jardin ainsi que la rue avoisinante.

— Comment avez-vous su ?

— Vous avez eu de la chance. Nous avons été avertis par la police provenant de Tanzanie. Et c'est grâce à votre ami Mathias qui les a convaincus et leur a fourni les preuves de la culpabilité de votre agresseur. Il a essayé de vous joindre tout à l'heure mais la ligne était coupée ce qui a précipité notre intervention. Elle va être soignée ici et après sera transférée à la prison de Arusha en Tanzanie où elle sera jugée pour ses actes de sorcellerie, mais aussi pour sa tentative de meurtre.

Ambre eut un sourire béat. Mathias n'était donc pas mort. Elle respira profondément. La vie qui lui semblait cruelle et infâme, lui parut tout à coup magnifique. Elle posa sa main sur la tanzanite. Ambre se dit que finalement, la pierre lui portait chance et protection. Ambre avait une bonne étoile au-dessus d'elle qui veillait sur sa destinée et ses rencontres. Elle remercia secrètement Bayé pour son geste sacré.

▪

Ambre marcha sur le trottoir immaculé de neige. Elle s'arrêta quelques minutes pour contempler les Montréalais patiner sur la glace de la grande patinoire installée en plein air. Des décorations de Noël illuminaient les rues de Montréal. Elle pénétra dans le hall de son entreprise et prit l'ascenseur qui surplombait Montréal. Son contrat de photographe avait débuté depuis plus d'un mois et la comblait. Ses employeurs étaient satisfaits de son travail et de sa sensibilité artistique. Ambre avait parcouru et pris des clichés de quelques pays dont les paysages de l'Argentine et de la Mongolie. Elle sortit de l'ascenseur et se dirigea vers son bureau qui se situait sur un open space au cadre lumineux et convivial.

— Bonjour Ambre, il faudrait que tu passes voir Harry à son bureau, lui dit une collègue.

Ambre se servit un café bien chaud avant de frapper à la porte de son responsable.

— Entrez. Bonjour Ambre. Installez-vous. J'ai un nouveau contrat pour vous. Il s'agit d'un coin que vous connaissez particulièrement bien : Whistler et ses montagnes.

— Ah oui je crois que je connais, effectivement, dit Ambre agréablement surprise.

Elle s'installa dans un fauteuil confortable face au grand bureau d'Harry, un homme aux cheveux blancs et arborant toujours un sourire débordant de bonne humeur.

— Le sujet du reportage est de nous montrer la Colombie-Britannique à chaque saison. La tâche va être compliquée, car nous voulons, à travers votre objectif, voir la Colombie-Britannique sous de nouvelles facettes, avec un œil différent, qui donne envie aux lecteurs de partir l'hiver autrement que pour faire du ski. Il nous faut des vues aériennes et aussi terrestres. Faites- nous redécouvrir la Colombie-Britannique et ses volcans. Vous êtes partante ?

Ambre sourit, radieuse. Elle savait où dénicher les trésors cachés des Rocheuses et ses montagnes. Ambre serait à la hauteur du défi à relever.

— Sûr que je suis partante !

— Alors, bien entendu, un pilote d'avion de Whistler survolera pour vous les coins que vous lui indiquerez. Comme d'habitude, nous prenons à notre charge les frais de transport, le bus à Vancouver pour Whistler. Et pour le logement, je pense que vous savez quoi faire, dit Harry avec un clin d'œil.

Submergée par le travail et l'envie de visiter Montréal lors de ses jours d'oisiveté, Ambre ne revint pas à Whistler, ni dans sa maison. Elle fut heureuse que l'occasion se présente d'y remédier. Ambre appréhenda toutefois son retour chez elle. Les murs de cette maison furent les témoins de tourments, mais il s'agissait d'une époque révolue. Ambre n'eut plus aucune raison de craindre de menaces. Oaisara fut incarcérée à Arusha, isolée dans une cellule hautement surveillée et en attente de son procès. Les deux personnes atteintes de folie, capables du pire, ne pouvaient plus nuire à sa vie. Petit à petit, Ambre reprenait confiance en elle, grâce à son travail de photographe. Ambre et Mathias se téléphonaient ou s'écrivaient des mails de temps en temps. Mathias la tenait informée de l'évolution et des actions menées contre Oaisara. Ambre songea de nombreuses fois à la chance qui avait guidé son existence les derniers temps. Grâce aux relations de Mathias, Oaisara, qui s'était échappée à nouveau, fut repérée à l'aéroport du Kilimandjaro. C'est ainsi que Mathias comprit, après une enquête dirigée avec la police, le danger encouru pour Ambre.

Ses sentiments pour Mathias ne s'essoufflèrent pas. Ambre les étouffait à travers sa passion et la distance. Cependant lorsque Mathias et Ambre se parlaient longuement au téléphone et qu'ils raccrochaient, Ambre, vulnérable, retrouvait la vigueur de ses émotions. Le fait de se retrouver à l'aérodrome de Whistler la rendit nostalgique. Ambre se languissait de ce temps où c'était Mathias qui pilotait au-dessus des montagnes de la Colombie-Britannique. Mais c'était une autre phase de sa vie qu'elle devait chasser de son esprit pour avancer.

▪

Dès son arrivée, Ambre ouvrit tous les volets de sa maison et laissa pénétrer la lumière du soleil. Elle s'empressa de déposer ses affaires pour profiter du temps lumineux qui s'offrait rarement en décembre. C'était un jour idéal pour capturer le panorama et la lumière. Ambre sortit son vélo du garage et, bien accoutumée au froid de Montréal, se couvrit chaudement. Equipée de son sac à dos avec appareil photo et jumelles, elle pédala rapidement jusqu'au ponton où le petit aérodrome nichait sur l'eau. Un froid bien sec la vivifia. Elle aperçut les hydravions et comme elle s'y attendait, Ambre en fut troublée. Rien ne semblait avoir changé. Elle avait rendez- vous avec le responsable qui la transporterait dans le ciel des Rocheuses. Ambre s'avança sur le ponton. Un homme surgit d'une cabane en bois. Elle reconnut son pilote qui l'avait emmenée à Vancouver le jour de son escapade vers la Tanzanie.

— Bonjour, je suis Ethan, on se connaît je crois, dit-il en lui serrant la main.

— Bonjour Ethan, moi c'est Ambre. Vous m'avez emmenée jusqu'à Vancouver il y a six mois. Je suis la photographe qui doit prendre des clichés de la région. Est-ce que c'est possible de faire un tour maintenant ? Je voudrais profiter de cette belle lumière.

— Oui bien entendu. Moi, je ne peux pas aujourd'hui mais mon collègue se fera un plaisir de vous emmener dans le ciel, lui suggéra-t-il en désignant un hydravion.

Ambre se tourna vers le petit avion et vit son pilote sortir du cockpit. Il lui fallut quelques secondes pour réaliser que ce n'était pas un mirage. Bouleversée, Ambre courut jusqu'à l'homme qui lui décocha un sourire rayonnant et se jeta dans ses bras. Elle fut partagée entre le rire et les larmes de bonheur.

— Mathias, tu m'as tellement manqué ! déclara-t-elle.

— Toi aussi tu me manques énormément, Ambre, c'est pour ça que je suis venu te faire une petite surprise et d'être ton pilote pour les quelques jours à venir.

Ambre le contempla, étonnée.

— Comment as-tu su ?

— Ton entreprise m'a révélé l'information et je leur ai fait promettre de ne rien dire.

— Les petits cachotiers ! alors je t'ai pour moi quelques temps ?

— Oui et plus si tu le désires. Je t'aime toujours Ambre. La distance et le temps n'ont fait que conforter et augmenter mon amour pour toi. Alors si tu partages ce sentimcnt, je te propose de recommencer là où nous avons arrêté.

Ambre vibra de joie dans son corps et dans sa tête.

— Oui j'ai envie d'être avec toi. Je t'aime profondément, avoua Ambre.

Ambre embrassa passionnément Mathias, mais d'un seul coup, elle eut un doute et réalisa.

— Mais comment va-t-on faire avec mon travail et le tien en Tanzanie ?

Une expression espiègle se dessina sur le visage de Mathias.

— Eh bien j'ai réussi à me libérer de mes attributions en Tanzanie. Mon père a vendu le lodge à un ami qui gère un camp dans la réserve du Serengeti. Après le procès d'Oaisara, mes parents ont décidé de repartir vivre aux Etats-Unis. Ce sera dur pour ma mère au départ, mais je lui fais confiance pour s'adapter. Quant à moi, je me suis associé avec Ethan et, avec les économies que j'ai placées, je vais posséder ma compagnie d'aéronefs à Montréal. Ma sœur sera ma partenaire. Comme tu seras régulièrement en voyage pour le travail, je serai avec toi dans les airs pour t'accompagner dans ton travail de photographe. Et si tu préfères des fois faire une pause, si tu pense que nous passons trop de temps ensemble, alors je demanderai à un autre pilote de t'emmener. J'ai signé un contrat avec ta société.

Ambre fixa Mathias avec émoi. Cet homme avait songé à tout avec intelligence et délicatesse. Leur amour ne les privait pas de leur passion et leur passion ne les séparait pas de leur histoire. Noël approchait et son cadeau était dans ses bras. Ambre considérait qu'elle avait beaucoup de chance d'avoir rencontré Mathias. Mais était-ce le fruit du hasard ou tout simplement une route déjà écrite et toute tracée ? Après s'être longuement reproché de fuir dès que le chaos surgissait dans son existence, Ambre se dit que de suivre Mathias avait été une providence. La vie nous suggère plusieurs choix qui ont des conséquences. A nous de prendre la bonne porte et d'assumer, pour atteindre le meilleur de notre destinée.

DU MEME AUTEUR

2042, LE DERNIER JOUR, 7 ECRIT EDITIONS, 2014

24300823R00112

Printed in Great Britain
by Amazon